생각과 글쓰기

내안의 가능성을 보다

생각과 글쓰기
내안의 가능성을 보다

한 혜 경 지음

문현
MUN HYUN

개정판 머리말

우리사회는 현재 4차 산업혁명을 앞두고 기대와 함께 두려움과 걱정이 교차된 상태에 있다. 4차 산업혁명은 정보통신기술의 융합으로 이뤄지는 산업혁명, 곧 인공지능, 로봇기술, 생명과학이 주도하는 산업혁명을 의미하므로 이제까지 익숙했던 세계와는 현격하게 다른 세계가 펼쳐질 것이기 때문이다. 일례로 다보스 세계경제포럼 일자리 미래 보고서에서 현재 초등학생 65%는 지금 존재하지 않는 직업을 가질 것이라는 예측이 나온 바 있다.

따라서 미래사회를 대비해 근본적인 사고의 전환과 창의적 발상이 그 어느 때보다 필요하다고 하겠다. 이를 위해 가장 중요한 것은 주입식 교육과 단순 암기 학습에서 벗어나는 일일 것이다.

즉 하나의 정답 찾기에서 벗어나 다양한 문제에 대처할 수 있는 논리적인 해결능력을 키우는 것이 시급하다. 주어진 답을 그대로 받아들이는 것이 아니라 의문점을 제시하고 다른 가능성을 모색해보며 고민을 통해 해결책을 발견하는 과정에서 창의성과 비판력, 분석능력이 싹틀 수 있으므로, 다양한 질문과 생각을 유도하는 교육현장이 이루어져야 한다.

이때 창의성과 비판적 사고, 의사소통능력, 협업능력은 이론으로 배울 수 있는 것이 아니므로 학생 스스로 입을 열어 이야기하고 토론할 수 있는 장을 확대해야 한다.

이 책은 우리 학생들이 고정된 사고에서 벗어나고 현실에서 부딪치는 다양한 문제들을 사유하며 이에 대한 생각을 논리적으로 쓸 수 있는 능력을 개발하는 데 도움을 주고자 집필되었다. 2014년의 [생각과 글쓰기] 내용에 비판적 분석과 논리적 사고를 키울 수 있는 부분을 보완 확대하여 펴낸다.

모쪼록 학생들의 비판적 분석능력과 논리적 사고능력 향상에 도움이 되기를 기대한다.

2020년 새봄에

한혜경

초판 머리말

자신의 생각을 정확하게 전달하는 것은 사회구성원으로 살아가는 데 꼭 필요한 의사소통능력이다. 최근 사회가 창의적이고 능동적인 인재를 요구하면서 이 능력은 더욱 중요해지고 있다.

그러나 우리의 교육환경은 의사소통능력을 키우는 데 큰 관심이 없었다고 할 수 있다. 입시위주의 획일적 교육환경은 사고력이나 표현능력을 기르기보다 주어진 정답을 암기하는 데 더 무게중심을 두었기 때문이다.

그 결과 우리는 자유로운 사고를 하고 그것을 명확하게 글로 표현하는 것을 올바로 배우지 못했다고 할 수 있다. 따라서 대학에서의 글쓰기 교육은 창의적이고 논리적인 사고를 유도하고 자신의 생각을 바르게 표현하는 데 초점을 두어야 할 것이다.

이를 위해 우리대학은 2005년 1학기부터 글쓰기 과목을 교양과목으로 신설하였다. 이 과목을 담당하면서 많은 학생들이 글쓰기에 대한 두려움과 생각하고 글쓰는 것은 어렵고 따분하다는 선입관을 갖고 있음을 느낄 수 있었다. 그러나 직접 써보고 사고훈련을 거치면서 많은 학생들이 자신감을 얻는 것을 발견하였다.

이 책은 글쓰기에 앞서 자신의 삶과 주변에 대한 사고를 유도하는 생각하기 파트가 있다. 타율적으로 주입된 관념이나 관습적인 사고로부터 자유로워지기 위한 연습이라고 할 수 있다. 또 글쓰기에 대한 부담을 줄일 수 있도록 글쓰기에 들어가기 전

창의성 훈련과 놀이처럼 글쓰는 과정을 넣었고 실제 연습을 통해 실력을 늘릴 수 있도록 하였다.

　보다 많은 사람들이 사고력을 키우고 자신의 생각을 정확히 전달할 수 있기를 바란다.

　이 책을 완성하는 데 많은 참고문헌과 자료의 도움을 받았다. 예문으로 인용된 글을 쓰신 분들께 깊이 감사드린다.

　부족한 내용을 세련된 표지디자인으로 돋보이게 해주신 우리대학 나혜영 교수님께 감사의 마음을 전하며, 바쁜 가운데 책을 잘 만들어주신 문현출판사 여러분께도 감사드린다.

2014년 8월

한 혜 경

차례

글쓰기의 시작

제1장
삶과 생각

　글은 글 쓴 사람의 생각을 바탕으로 하고 그 생각은 그의 삶과 가치관에서 나오기 때문에 삶과 생각은 글을 낳는 어머니라 하겠다. 즉 삶이 바르고 생각이 반듯해야 바른 글이 나올 수 있다.

　시대가 변화함에 따라 요구되는 인간형과 지배적인 가치관이 변하기 마련이지만 변함없이 지켜야 할 것들도 있다. 인간의 존엄성과 자유나 사랑 등 인간답게 사는 길에 대한 생각은 언제나 중요하다. 즉 우리는 변하는 상황에 어떻게 대처할 것인가를 고민하면서 아울러 시대변화와 상관없이 지켜야 할 가치들과 인간다운 삶에 대해 생각해야 한다.

　20대 젊은이들이라면 연애나 친구, 취미와 학교생활, 부모님이나 형제자매, 취업과 미래에 대해 많은 관심을 갖고 있을 것이다. 늘 이러한 것들에 대해 생각하고 고민하며 친구들과 이야기하기도 할 것이다. 이 생각들은 삶과 밀접하게 연관된 것들이며 그만큼 중요한 것임에 틀림없지만 자기 성찰적인 지혜로 이어지지 않는다면 큰 의미가 없다.

　자신의 생각을 솔직하게 표현하는 것과 다른 입장이나 의견은 아랑곳없이 자신의 문제에만 천착하는 것은 다르다. 거리낌없이 자신을 드러내는 당당함을 긍정적으로 여기는 사회분위기 속에서 성찰적 태도는 소심함으로 오해되기도 한다. 그러나 성찰 없이 자신의 입장을 감정적이고 직설적으로 풀어놓는다면 대중주의와 포퓰리즘만 우세하게 할 뿐이다.

또한 정직한 대면이 필요하다. 부풀리거나 왜곡하거나 환상이 개입된 것은 아닌지 늘 검토할 필요가 있다.

그리고 열린 시각이 중요하다. 우리 사회가 좀 더 유연해지기 위해서는 선입견이나 고정관념과 같은 사고로부터 자유로운 태도를 지향하고, 흑백논리와 같은 경직된 사고로부터 벗어나야 할 것이다.

특히 4차 산업혁명시대를 준비하면서 가장 중요한 것으로 상상력과 창의성을 꼽고 있다. 이는 이론으로 배울 수 있는 능력이 아니므로, 다양한 분야의 독서, 여러 사회현상에 대한 적극적 사고와 질문, 다양한 주제에 대한 토론 등을 통해 조금씩 늘려가야 한다.

제2장
나와 주변의 삶 돌아보기

누구나 처음부터 깊은 사고를 하고 높은 교양을 지니는 것은 아니다. 평소 생각해 보지 않았던 것일지라도 우리 사회에서 문제가 되고 있는 것들을 무심히 지나치지 말자. 관심을 갖고 중요한 사안들을 생각하다 보면 조금씩 사고가 성장해 가는 것을 느낄 수 있다.

생각하기를 어렵게 여기지 말자. 우리 주변에서 일어나는 이야기들에서 시작하면 된다. 가령 집에 연로하신 할아버지가 계시는데 치매에 걸려 모든 가족이 고생하고 있다. 이때 인간의 생명과 존엄성에 대해 생각해 볼 수 있다.

친구가 좋지 않은 부탁을 한다. 이것을 들어줘야 할 것인가, 양심과 우정 사이에서 어느 것을 택할 것인가? 애인이 늘 사랑을 강요한다. 부모님도 사랑을 강요한다. 사랑은 의무인가? 이것은 집착인가, 사랑인가?

고등학생일 때는 자유로운 대학생활을 꿈꿔 왔을 것이다. 그런데 막상 대학에 들어와 진정한 자유를 누리고 있는가? 나는 진정으로 자유를 원하는가, 아니면 부담스러워하는가?

나는 정직하게 최선을 다해 일하는데 다른 사람은 요령껏 일한다. 나도 적당히 할까 아니면 원칙대로 해야 할까. 진신을 추구하며 살아야 한다고 배워왔지만 그렇게 살기가 쉽지 않다. 그래도 진실을 좇아야 하나, 진실이 우리 마음을 불편하게 할 때 진실 대신 우리에게 위안 주는 환상을 좇아도 좋을까 등등, 우리가 마주치는 일상에서 생각할만한 것은 매우 많다.

시선을 주변으로 돌려보면 여러 가지 문제로 힘겨운 사람들이 많다. 나와 나의 가족이 행복하다면 상관없는가? 아니면 다함께 행복한 것이 좋은 것일까? 다함께 행복하기 위해서 나의 것을 나눌 수 있는가?

'타자의 자리에 자기를 놓을 줄 아는 능력, 곧 타자에 대한 상상력'이 교양의 본질이라는 말이 있다. 타인의 삶의 기쁨과 슬픔에 얼마나 절실하게 공감하고 이해할 수 있는가?

소외지역의 생활환경 개선을 위해 낡고 오래된 담벼락에 벽화를 그려 단장한 마을이 있다. 사진찍기 위해 몰려드는 관광객 때문에 불편을 느끼는 지역주민의 입장은 어떠할까?

가족의 해체로 방치되어 온전한 보호를 받지 못하는 아이들이 늘고 있다. 삶의 수준이 높아진 것 같지만 한편으로 부의 편중현상이 심화되고 빈부격차가 심해졌다.

다함께 잘사는 사회가 되려면 무엇이 필요할까? 개인은 무엇을 해야 하며 정부 차원에서 해야 할 일은 무엇일까?

이처럼 주변을 돌아보고 나쁜 아니라 그들의 문제에 대해 고민하고 해결방법을 모색해 보는 과정을 통해서 사고력이 늘어가고 좀 더 나은 삶을 지향하게 될 것이다. 그리고 떠오른 생각을 글로 옮기는 과정에서 그 생각은 더욱 깊어질 수 있으며 다 쓴 글을 읽어보며 고치는 과정에서 논리적 사고가 형성된다.

생 각 해 보 기

1. 이제까지 살아오면서 고민했던 적은 없었는지, 있었다면 무엇에 대해 고민했는지 생각해 봅시다.

2. 내 삶을 변화시킨 계기가 있었나 생각해 봅시다.

3. 존경하는 인물이나 내 삶에 영향을 준 인물에 대해 이야기해 봅시다.

제3장
생각열기

　　우리나라의 교육환경은 창의적 사고를 북돋아 주기보다는 정답 맞추기에 초점이 맞춰져 왔다. 정답 이외의 답을 말하거나 다른 생각을 말하는 것은 웃음거리가 되기 쉬우므로 자신의 생각을 자유롭게 말하는 것을 두려워하게 된다. 이것이 정답일까 아닐까, 내가 말할 때 실수하지 않을까, 웃음거리가 되지 않을까, 이 말을 해도 괜찮을까 하는 걱정이 앞서는 것이다. 대학에 와서 질문이나 토론시간이 허용되어도 원활하게 진행되지 않는 것은 정답 맞추는 데 익숙하기 때문이다.

　　다음의 글들은 입시위주 교육환경에서 자란 학생들이라면 공감할 수 있는 내용들이다. 학교에 대한 생각과 학생들의 심리상태를 읽어보자.

> 　　나는 책을 읽음에 있어 정독을 하지 못하고 건성으로 읽는 버릇이 있다. 이 습관이 형성된 것은 중학교 때부터인 것 같다. 초등학교 때까지는 교과서보다 동화책, 위인전기, 세계문학책을 더 많이 읽었다. 책의 내용보다 어느 책을 얼마만큼 읽었나를 더 중요하게 여겼다. 부모님의 강요에 의해 읽어서 그런 것 같다.
> 　　…(중략)…

지금은 성격이 많이 활달해졌지만 그때만 해도 너무 내성적이어서 친구들과 잘 어울리지 못하고 집에서 소설책을 읽으며 시간을 보냈다. 그러나 중학교에 들어오니 초등학교 때와는 다른 환경이 나를 기다리고 있었다. 공부에 대한 압력이 학년이 올라갈수록 가중되어 공부에 대한 심한 히스테리를 일으킬 정도였다. 교과서와 관계없는 책을 읽는다는 것은 시간낭비처럼 느껴졌다. 그래서 자연적으로 책들을 멀리하게 되었다.

– 학생의 글

됐어 됐어 이젠 그런 가르침은 됐어

그걸로 족해 족해 족해 내 사투로 내가 늘어놓을래

매일 아침 일곱 시 삼십분까지 우릴 조그만 교실로 몰아넣고

전국 구백만의 아이들의 머릿속에 모두 똑같은 것만 집어넣고 있어

같은 것만 집어넣고 있어

막힌 꽉 막힌 사방이 막힌 널 그리곤 덥석 모두를 먹어 삼킨

이 시커먼 교실에서만 내 젊음을 보내기는 너무 아까워

좀 더 비싼 너로 만들어주겠어 네 옆에 앉아있는 그 애보다 더

하나씩 머리를 밟고 올라서도록 해 좀 더 잘난 네가 될 수가 있어

왜 바꾸진 않고 마음을 조이며 젊은 날을 헤맬까

왜 바꾸진 않고 남이 바꾸길 바라고만 있을까

국민학교에서 중학교로 들어가면 고등학교를 지나 우릴 포장센터로 넘겨

겉보기 좋은 널 만들기 위해 우릴 대학이란 포장지로 멋지게 싸버리지

이젠 생각해 봐 대학, 본 얼굴은 가린 채 근엄한 척할 시대가 지나버린 건

좀 더 솔직해 봐 넌 알 수 있어

– 서태지와 아이들, 「교실이데아」에서

가정에서 "예, 예"하고 학교에서 "예, 예"하며

입시 전쟁터에서 살아남은 우리

12시간을 한자리에 앉아 있을 수 있는

교과서와 문제집에 통달한 훈련된 우리

'꿈'많은 부모님의 장한 아들과 딸

'선진조국'의 자랑스런 국민

교과서에 없는 질문은 하지 마세요, 선생님

정전(正典)을 외울 때가 행복했어요, 선생님

괴로운 고3이라니요, 괴로운 대학이지요!

명령해 주세요, 권위 있는 소리로,

문제의식도 주시고 그 해답도 주셔야지요.

현실 보는 눈을 따로 갖고 싶지도 않아요.

– 조혜정, 「예비지식인의 책읽기 반성」에서

첫 번째 예문은 우리나라 학생들 대부분이 공감하는 내용일 것이다. 입시위주의 공부에 치우쳐 자연스러운 독서 욕구가 제한되고 타율적으로 주어진 책들만 읽다 보니 건성으로 책을 읽고 책을 멀리하게 된 경험을 말하고 있다.

두 번째 예문은 획일화된 학교교육을 날카롭게 비판하고 있다. 대학으로 가기까지의 교육과정이란 포장에 불과하다는 것을 지적하며 솔직해져야 함을 외치고 있다. 그러나 바꾼다는 것은 어려운 일이다. 그래서 스스로 바꾸려고 하지 못하고 남이 바꾸길 바라는 소심함을 답답해 하고 있다.

세 번째 예문은 이러한 소심함이 대학에 와서도 극복되기 어려움을 보여준다. 자유가 주어졌지만 그동안 너무 오랫동안 길들여져 있어 자유를 만끽하지 못함을, 정답 맞추기에 익숙해서 문제를 타개할 능력이 없음을, 타개하기 두려운 마음을 토로하고 있다.

이는 우리사회가 획일화되고 수동적인 측면을 갖게 된 한 요인을 보여준다. 주어진 문제에 이의를 달지 않고 '예, 예'하고 수긍하는 데 익숙하다 보니 토의나 토론문화가 형성되기 어렵다. 그래서 어떤 이슈가 생기면 차분하게 따져보며 토론하기보다 감정적 대응이 앞서는 것이다.

정답에서 조금 벗어나 보자. 정답이라고 알려졌던 것에서 거리를 두고 바라보면 조금 다른 것들도 보일 것이다. 우리가 갖고 있는 생각이 스스로 생각한 결과가 아니라 위에서부터 주어진 것은 아닌지 살펴보자. 자신만의 견해를 갖도록 애써보자.

고정관념 혹은 지배적 담론 다시 보기

우리에게는 자연스럽게 학습된 고정관념이 많다. 한 번도 그 개념의 진위를 의심해보지 않은 채 살아가는 사람이 많다. 가령 '현모양처'와 같은 개념은 오래전부터 있어온 것으로 알지만 조선시대 이후 가부장적 이데올로기에 의해 형성되어 내려온 것이다.

사회가 변화하면 그 사회를 지배하는 이데올로기와 취향이 따라서 변한다. 예를 들면, 아름다움이나 건강함의 기준이 시대와 사회에 따라 달라진다. 중세에 통용되던 아름다움이 현대에 들어와 받아들여지기 어려운 것이다. 또 시란 아름다운 표현으로 이루어진 함축적 문학이라는 생각이 지배적이지만 비어나 욕설이 담기기도 하고, 산문처럼 긴 시도 있을 수 있다.

다음의 사진을 보자.

오른쪽 사진은 기독교인이 아니더라도 알 수 있을 정도로 널리 유포된 예수의 얼굴이다. 그러나 왼쪽 사진은 낯설 것이다. 이것은 영국 방송사 BBC에서 예수가 살았던 시대 유대인의 얼굴을 참작해서 복원한 예수의 모습이다. 따라서 뭉뚝한 코에 갈색 피부, 짧은 고수머리를 한 왼쪽 사진이 실제 예수 모습에 가깝다고 할 수 있다. 그러나 우리 머릿속에 각인된 예수의 모습은 잘생기고 구불구불한 긴 머리에 좀 마른 오른쪽 모습이다. 이는 백인들의 이미지에 맞게 그려진 것을 그대로 받아들여 인식한 결과이다.

요즘 대중매체가 발달함에 따라 그에 의한 이미지 전달 파급이 매우 신속하고 광범위하다. 광고나 TV드라마 등에서 파급되는 이미지는 진위 여부를 따지지 않고 쉽게 대중들의 머릿속에 각인된다. 가령, 외모가 못났으나 유능한 사람이 있고 뚱뚱하지만 성실하고 똑똑한 사람들이 존재할 수 있으나, 대중매체에서 뚱뚱한 사람을 게으르고 어리석거나 욕심이 많은 자, 능력 없는 자로 표현하면 그렇게 인식되는 것이다.

007시리즈와 같은 영화를 보면 주인공은 잘생긴 백인인데 비해 악당들은 아시아인이나 아랍인, 흑인들이 맡는다. 관객들은 자신도 모르게 백인은 선한 이미지로, 유색인종은 부정적 이미지로 받아들이게 된다.

여성에 대한 고정관념도 상당히 많다. '여성적'이라는 표현은 다소곳하고 조용한 여성의 이미지를 양산하며 말이 많은 여자는 나쁜 여자라는 인식을 심어 준다. 영화나 드라마, 광고 등 수많은 매체에서 아름다운 여성은 하얗고 날씬하며 조용한 반면에 못생긴 여성은 검고 뚱뚱하고 수다스러운 모습으로 표현함으로써 여성에 대한 왜곡된 선입견이 만들어지는 것이다.

지금 각자 인어공주나 신데렐라의 모습을 떠올려보자. 그 이미지가 어떠한가? 어릴때 동화책을 읽기 전에 먼저 디즈니 만화를 접했다면 머릿속에 각인된 인어공주나 신데렐라의 이미지는 디즈니만화에 등장하는 모습일 것이다. 글로만 제시될 경우는 최대한 상상력을 동원할 수 있으나 그림이 곁들여지면 그것에 맞추게 되어 상상력이 제한되는 결과를 가져오기 때문이다.

다음 그림과 예문은 우리에게 익숙한 고정관념을 뒤집은 경우이다.

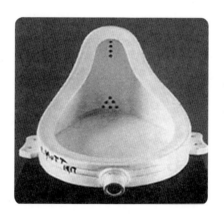

위의 그림은 변기이다. 이를 보고 아무도 예술품이라고 생각하지 않을 것이다. 그런데 뒤샹은 이 변기를 미술관에 가지고 와서'샘'이란 제목을 붙여 전시하였다. 당연히 많은 논란을 불러일으켰고 예술이란 무엇인가에 대한 기존의 생각을 뒤집어볼 수 있는 기회를 주었다.

예술품이란 한 예술가에 의해 창조된 것이며 아름다운 가치를 지닌 작품이라고 할 때, 공장에서 생산되고 배설과 관련된 이미지를 갖고 있는 변기를 '샘'이라는 예술품과 연관 짓기는 어려운 일이다. 그러나 변기에 담긴 물에서 샘을 연상할 수도 있고 변기에 앉아 생각이 샘솟듯이 솟아오를 수도 있으므로 변기를 '샘'으로 명명할 수도 있는 것이다. 그리하여 뒤샹의 '샘'은 예술에 대한 기존의 고정관념을 흔든 신선한 도전으로 받아들일 수 있다.

> 그러나 자신이 있음으로 해서 딸이 몹시 거북해한다는 것을 그녀도 잘 알고 있었으며 나는 그녀가 자신의 신체적 우월감 때문에 은밀한 기쁨을 느꼈다는 점을 부정하지 않겠다. 그렇다면? 그녀는 어떻게 해야 했는가? 모성애의 이름으로 사라져 버리는 것? 그녀도 어쩔 수 없이 나이를 먹었지만 이레나의 반응 속에 나타나는 자신의 힘을 의식하고는 다시 젊어지는 것을 느꼈다. 겁에 질려 왜소해진 이레나의 모습을 가까이서 보면서 그녀는 자신이 위압적인 우월감을 누리는 순간들을 가능한 한 연장시켰다.

위의 예문은 밀란 쿤데라의 소설 『향수』의 일부분이다. 자유를 찾아 조국을 떠나온 주인공 이레나가 17년만에 어머니를 만나는 장면이다. 오랜만에 딸을 만난 뒤 그녀의 어머니가 느끼는 생각이 묘사되고 있다. 소심한 딸이 자신의 활력에 밀려 불편해하는 것을 보며 우월감을 즐기는 이레나 어머니의 내면은 흔히 어머니에게서 연상되는 절대적인 모성과 거리가 있다. 어머니 역시 인간으로서 모성 이외에 여러 가지 미묘한 심리가 있음을 보여주는 대목이다.

다음 그림을 보자.

이것은 쌩 떽쥐베리의 『어린 왕자』에 나오는 보아뱀 그림이다. 아래 그림은 모자처럼 보이지만 통째로 삼킨 코끼리를 소화시키고 있는 보아뱀을 그린 것이다. 그림을 본 모든 어른들이 모자라고 대답하지만 어린왕자는 단번에 보아뱀임을 알아본다. 이 이야기는 어른이 되어 고정관념에 익숙해지면서 상상력이 고갈되고 획일적 사고에 익숙해짐을

보여준다.

그러므로 이처럼 굳어진 우리의 생각을 뒤집어 볼 필요가 있다. 어렸을 때 엉뚱한 생각을 한 적이 없었는지, 어른의 시선이 개입하지 않은 순수한 어린이의 시선으로 바라본 적은 없었는지 기억해보고, 상상력을 살려보자.

상상력은 단지 기발하거나 문학적인 상상력만을 의미하는 것이 아니다. 직접 경험해보지 않은 어떤 상황을 자신이 경험한다면 어떻게 될까 하는 생각에도 상상력은 필요하다. 곧 상상력은 다른 상황에 대한 이해 또는 포용이 전제되는 행위이기도 하다.

상상은 발상의 전환을 가져온다. 겉으로 보이는 모습만이 다가 아니라 뒤에 숨겨진 것이 있음을 보게 하며 좁은 시야를 확장시킨다. 발상의 전환을 위해서는 익숙한 것을 그대로 수용하기보다 한번 뒤집어보는 것이 필요하다. 어릴 때부터 들어와 익숙한 이야기나 상황을 패러디해보기, 이야기 후반 다시 쓰기, 동화 다시 읽기는 고정된 사고를 일깨우는 신선한 자극이 될 것이다.

특히 패러디는 기존에 존재하는 익숙한 이야기를 한편으로 모방하면서 다른 한편으로 변형시키는 것으로 기존의 생각을 재구성하거나 뒤바꾼다. 굳어진 사고를 일깨우고 다시 생각하게 함으로써 새로운 가치를 만들어내는 것이다.

다음 패러디된 작품들을 읽어보고 무엇을 어떻게 다르게 썼는지 생각해보자.

> 먹는입이 일손이요 손마다일이고보면 가난할리만무커늘 우엔지각이 거꾸로만들어서 생후이년여섯달에 이직도젖먹이요 가을밤찬서리에 동사했단말 못들었는데 방안에서 바람벽에 오줌깔기기요… 아이놈들 게으르기가 천하에둘도없는 그나마 못난 부모들볶기요 갖가지 투정이로라 한녀석이 나오면서 애고어머니 우리열구지탕의국슈말아먹으면…애고어머니 우에올부터 불두덩이가려우니 날장가들여주오 못난부모도울생각 눈꼽티끌만큼없고 이마에피도안마른 녀석이 계집생각먼저하니 못된송아지 엉덩이에 뿔이로다. (중략)
>
> 남의빚못갚는신세에 상감국상치르듯초상난데춤추기 미역고투리하나없어도피기한답시고 개보살신주꼬꼬신주모시는해산한데개닭잡기…없는부모조르는아해볼기치기…싸움말리지않는건달놈들뺨치기 빚값에계집디미는놈골려주기…가난한서방버리고한량놈의애밴계집배차기…
>
> – 최인훈, 「놀부뎐」에서

> 내가 단추를 눌러주기 전에는
> 그는 다만
> 하나의 라디오에 지나지 않았다
>
> 내가 그의 단추를 눌러주었을 때
> 그는 나에게로 와서
> 전파가 되었다.
>
> 내가 그의 단추를 눌러준 것처럼
> 누가 와서 나의
> 굳어버린 핏줄기와 황량한 가슴 속 버튼을 눌러다오.
> 그에게로 가서 나도

그의 전파가 되고 싶다

우리들은 모두
사랑이 되고 싶다
끄고 싶을 때 끄고 켜고 싶을 때 켤 수 있는
라디오가 되고 싶다.

– 장정일, 「라디오와 같이 사랑을 끄고 켤 수 있다면」

옛날 어느 왕국에 피부가 희고 머릿결이 칠흑같이 검은 흑설공주가 태어났다. 왕비가 죽은 뒤 왕은 재혼을 했는데, 그 여인은 유명한 마법사이면서 아름다우며 성품도 온화한 여인이었다. 왕의 신하 중에 헌터 경이라는 자가 있는데 그는 교활한 자로서 신분상승을 위해 공주와 결혼하고자 애를 쓰며 심지어 폭력으로라도 공주를 소유하려고 한다.

새 왕비는 진실을 말하는 거울이 세상에서 제일 아름다운 사람은 흑설공주라고 말해도 분노하지 않는다. 공주의 마음을 사는 데 실패한 헌터 경은 왕비의 질투심을 부추겨 공주와의 사이를 이간질하려고 시도하나 왕비는 계모와 전처의 딸과 사이가 좋을 수 있으며 자신은 흑설공주를 좋아한다고 말한다.

그러나 헌터 경의 모략을 눈치채고 위험을 느낀 왕비는 이웃 난쟁이나라에 까마귀를 보내 일곱 난쟁이들을 불러온다. 그들에게 보석을 주며 흑설공주가 어려움에 빠지게 되면 도와주고 헌터 경을 감시해 달라고 부탁한다.

마침내 이웃나라의 왕자가 흑설공주에게 청혼하러 오게 되고 급해진 헌터 경은 왕자가 오기 전날, 공주를 납치하려 한다. 그러나 난쟁이들 때문에 실패하고 그들에게 끌려간다. 흑설공주는 왕자와 행복한 결혼을 하고 왕과 왕비와 함께 오래도록 행복하게 살아간다.

– 바바라 G. 워커, 「흑설공주」 요약

생각해보기

1. 자신이 잘 안다고 생각했는데, 잘못 알고 있었음을 발견한 경험이 있는지 이야기해 봅시다.

2. 어릴 때 엉뚱한 생각이나 말을 하여 웃음거리가 되었던 적은 없었는지 생각해 봅시다.

과제 1

학과

학번

이름

제출일　20 ． ． ．

다음은 마이클샌델의 「돈으로 살 수 없는 것들」의 일부이다.

각기 우리 사회의 불평등과 부패의 사례를 들어 정리해 봅시다.

우리가 모든 것을 사고팔 수 있는 사회를 향해 나아가고 있다는 사실을 걱정하는 이유는 무엇일까?

두 가지 이유를 생각해볼 수 있다. 바로 불평등과 부패다. 우선 불평등에 관해 생각해보자. 모든 것이 거래 대상인 사회에서 생활하기란 재산이 넉넉하지 않은 사람에게는 더욱 힘들다. 따라서 돈으로 살 수 있는 대상이 많아질수록 우리가 부유한지 가난한지가 더욱 중요해진다.

부유함이 지닌 유일한 장점이, 요트나 스포츠카를 사고 환상적인 휴가를 즐길 수 있는 능력을 갖추는 것이라면 수입과 부의 불평등은 그다지 중요한 문제가 아닐 것이다. 하지만 정치적 영향력, 좋은 의학치료, 범죄의 온상이 아닌 안전한 이웃에 자리한 주택, 학력저하를 보이는 학교가 아닌 엘리트 학교 입학 등을 포함해서 돈으로 살 수 있는 대상이 점차 많아지면서 수입과 부의 분배가 점점 커다란 문제로 떠오르고 있다. 좋은 것이라면 무엇이든 사고파는 세상에서는 돈이 모든 차별의 근원이 되기 때문이다. (중략)

모든 것을 거래 대상으로 삼기를 주저해야 하는 두 번째 이유는 설명하기가 더욱 어렵다. 두 번째 이유는 불평등과 공정성이 아니라 시장의 부패 성향에 관한 것이다. 삶 속에 나타나는 좋은 것에 가격을 매기는 행위는 그것을 오염시킬 수 있다. 시장이 단순히 재화를 분배하는 역할에만 머물지 않고, 교환되는 재화에 대해 어떤 태도를 드러내면서 부추기기 때문이다. 아이들에게 돈을 주어 책을 읽게 하는 행위는, 아이들을 독서에 힘쓰게 만들지는 모르나 독서를 내재적 만족의 원천이 아니라 일종의 노동으로 여기도록 한다. 대학의 입학허가를 경매에 부쳐 최고 입찰자에게 파는 행위는 대학 재정에 보탬이 될지는 모르나 대학의 품위와 대학입학의 가치를 해칠 수 있다. 자국의 전쟁에 외국인 용병을 투입하는 행위는 자국민의 생명을 구할지는 모르나 시민정신의 의미를 퇴색시킨다.

글쓰기의 기초

제1장
글쓰기의 중요성

21세기 들어와 사회는 빠른 속도로 변화하고 있다. 순응적 인간형에 호의적이던 과거와 달리, 현대는 비판적이고 창의적인 사고와 능동적 태도를 지닌 인재를 요구한다. 특히 4차산업시대를 앞두고 단순한 암기능력이 아니라 상상력과 유연한 사고, 다양한 문제의 해결능력이 요구되고 있다. 이에 따라 사고력과 이를 표현할 수 있는 글쓰기 능력이 그 어느 때보다 중요하게 부각되고 있다.

자신의 생각을 글로 표현하는 것은 우리가 살아가는 데 기본적으로 필요한 의사소통 수단의 하나이다. 그러나 그동안 우리 사회에서 글쓰기는 주로 지적인 사람들이 하는 일이거나 직업적인 문인들이 종사하는 전문영역으로 간주해 왔다.

학교에서의 글쓰기 교육 역시 입시위주 교과과정으로 인해 온전하게 이루어지지 못했다고 할 수 있다. 그 결과, 글쓰기를 통해 자신의 생각을 자유롭게 표출하는 방법을 익히기 전에 글쓰기는 어려운 것이라는 생각이 고정되는 것이다.

그런데 최근 창의성과 의사소통능력이 중요해지면서 글쓰기 능력이 뒤늦게나마 부각되고 있다. 이에 따라 다양한 글쓰기 관련 강의가 이루어지고 있는데, 기억할 것은 틀에 박힌 글쓰기가 되어서는 안 된다는 것이다. 글쓰기의 본령은 자신의 생각을 조리 있고 바르게 표현하는 것이므로 논리적 사고력과 정확한 표현력을 기르는 것이 중요하다고 하겠다.

최근 인터넷이 일상화되면서 인터넷 상에서의 글쓰기가 매우 활발해졌다. 간단하게는 지식검색에서 질문하기, 구입한 상품에 대한 평 쓰기에서부터 이메일 쓰기, 이슈가 되고 있는 문제에 대해 댓글, 의견쓰기, 블로그 등 온라인 글쓰기는 누구나 부담없이 글을 쓸 수 있는 환경을 조성하고 있다.

좋은 글에는 댓글이 많이 달리고 서로 평가하기가 있어 인터넷 안에서 유명한 저자가 생겨나게 되었다. 특정 저자들만 글을 쓴다고 생각했던 과거에 비해 요즘은 인터넷을 할 수 있는 사람이라면 누구나 글을 쓸 수 있어 글쓰기의 민주화시대가 되었다고 할 수 있다.

인터넷 상에서는 대부분 편한 마음으로 글을 쓰는데 이런 현상은 글쓰기에 대한 부담이 없기 때문에 가능한 것이다. 잘 써서 좋은 점수를 받아야 한다는 강박이 없고 어려운 단어나 현학적인 표현, 멋진 수사를 곁들여야 잘 쓴 글이라는 생각에서 상대적으로 자유롭다. 생각 그대로 나오는 말을 말하듯이 쓰는 것이므로 쓰는 사람이나 읽는 사람이나 부담이 없다.

단, 익명으로 글을 쓸 수 있는 특성 때문에 욕설이나 예의에 어긋나는 표현을 쓰기도 해서 문제가 되고 있다. 바른 문장쓰기와 바른 표현은 인터넷 글쓰기에서도 중요한 부분임을 명심해야 할 것이다. 친구들과의 가벼운 대화에서부터 게시판에 의견을 올리고 토론에 참여하는 글에 이르기까지 예의를 갖추고 바른 문장으로 자신의 생각을 명확히 표현할 수 있어야 하겠다.

제2장
글쓰기에 들어가기 전

1. 좋은 글이란

좋은 글은 멋지게 꾸며진 글이 아니라 내 생각이 진솔하게 드러난 글이다. 간혹 멋을 부린다고 감상적 문구로 치장하는 경우가 있는데 알맹이 없이 꾸미기만 한 글은 삼가야 한다.

기성문인들의 글이라고 다 훌륭한 것은 아니다. 잘못된 문장을 쓰고 쓸데없는 미사여구를 늘어놓거나 글재주를 부린 글들도 많으므로 가려 읽어야 한다.

다음 시를 읽고 느낌을 말해보자.

> 한 잔의 술을 마시고
> 우리는 버지니아 울프의 생애와
> 목마를 타고 떠난 숙녀의 옷자락을 이야기한다.
> 목마는 주인을 버리고 그저 방울소리만 울리며
> 가을 속으로 떠났다. 술병에서 별이 떨어진다.

상심한 별은 내 가슴에 가벼웁게 부숴진다.

그러한 잠시 내가 알던 소녀는

정원의 초목 옆에서 자라고

문학이 죽고 인생이 죽고

사랑의 진리마저 애증의 그림자를 버릴 때

목마를 탄 사랑의 사람은 보이지 않는다.

세월은 가고 오는 것

한 때는 고립을 피하여 시들어가고

이제 우리는 작별을 하여야 한다.

술병이 바람에 쓰러지는 소리를 들으며

늙은 여류작가의 눈을 바라다보아야 한다.

…등대에…

불이 보이지 않아도

그저 간직한 페시미즘의 미래를 위하여

우리는 처량한 목마 소리를 기억하여야 한다.

모든 것이 떠나든 죽든

그저 가슴에 남은 희미한 의식을 붙잡고

우리는 버지니아 울프의 서러운 이야기를 들어야 한다.

두 개의 바위틈을 지나 청춘을 찾는 뱀과 같이

눈을 뜨고 한 잔의 술을 마셔야 한다.

– 박인환, 「목마와 숙녀」에서

6·25 직후의 허무주의적 분위기와 실존주의적 고뇌를 도시적 감수성으로 그려냈다는 평가를 받고 있는 박인환의 시이다. 삶에 대한 절망이나 비관적 태도가 나타나지만 시의 분위기는 로맨틱하면서도 애상적이다. 그것은 '버지니아 울프', '목마', '별', '소녀', '등대', '술병', '상심', '페시미즘' 등의 서정적이고 감상적인 시어들을 사용했기 때

문이다. 이러한 어휘선택은 그가 탁월한 언어 감수성을 지녔음을 보여준다고 설명되기도 한다.

다음을 읽어보자.

> 나는 인환을 가장 경멸한 사람의 한 사람이었다. 그처럼 재주가 없고 그처럼 시인으로서의 소양이 없고 그처럼 경박하고 그처럼 값싼 유행의 숭배자가 없었기 때문이다. …(중략)…
>
> 인환! 너는 왜 이런 신문기사만큼도 못한 것을 시라고 쓰고 갔다지? 이 유치한, 말발도 서지 않는 후기(後記). 어떤 사람들은 너의 「목마와 숙녀」를 너의 가장 근사한 작품이라고 생각하는 모양인데, 내 눈에는 '목마'도'숙녀'도 낡은 말이다. 네가 이것을 쓰기 20년 전에 벌써 무수히 써먹은 낡은 말들이다.
>
> – 김수영, 「박인환」에서

이 글은 앞에 인용된 시와 시인을 상당히 비판적으로 바라본 글이다. 김수영의 눈에는 박인환의 시가 탁월한 언어 감수성을 보여주는 것이 아니라 유치하고 낡은 말들로 이뤄진 것으로 보이는 것이다. '경박하고', '값싼 유행의 숭배자'에 지나지 않았다고 단언하는 김수영의 지적은 지나친 감이 있다고 느낄 수도 있지만 별 생각 없이 로맨틱한 어휘나 표현들을 나열하는 것에 대한 경고로 볼 수 있다.

아름다운 어휘로 꾸며진 글은 언뜻 보면 잘 쓴 것처럼 보인다. 그러나 감성적 어휘나 예쁜 단어들을 나열하는 것으로는 좋은 글이 될 수 없다. 간혹 그럴듯하게 꾸미긴 했으나 문맥이 맞지 않고 논리가 엉성한 글들을 만나게 된다. 우리가 피해야 할 부분이다. 생활인으로서 우리에게 필요한 글은 현학적이고 미사여구로 장식된 글이 아니라 자신의 생각이 정연하게 드러난 논리적인 글이라는 사실을 기억해야 한다.

이제 글을 잘 쓰기 위해서 어떤 것이 필요한지 생각해 보자.

먼저 글을 시작하는 첫 단계는 글에 대한 억압을 푸는 것이라고 하겠다. 글을 보다 쉽게 쓰려면 '글은 어려운 것이다', 또는 '글을 잘 써야지'하는 강박에서 자유로워져야 한다.

수업 첫 시간에 자기소개서를 쓰라고 하면 글쓰기에 익숙한 학생이 아니면 대략 간략하게 쓴다. 쓰라고 하니까 쓰는 것이므로 대부분 학생들이 성의 없이 짧은 문장들로 일관한다. 그러나 한 학기가 지나 써보라고 하면 물론 그동안 실력이 늘기도 했겠으나 상당히 재미있고 길게 쓰는 것을 볼 수 있다. 이런 변화의 가장 큰 요인은 글쓰기로 인한 억압이 줄었고 잘 써보려는 마음이 생겼기 때문이다. 다음 글을 보자.

> 현재 나의 나이는 21세이다. 어릴 적 꿈은 교사였다. 커오면서 점점 바뀌는 것 같았다. 요즘 전자제품을 보면 너무나도 신기하다. 실력이 된다면 만들어 보고 싶다. 그러기 위해서는 미래를 위해 지금부터 노력해야 할 것이다.

> 현재는 명지전문대학 OO학과 2학년에 재학 중인 학생이고 고정된 직업을 갖기 위해 노력하는 사람으로 이름은 고정직입니다. 물론 이름이 특이하여 놀림을 받는 경우도 있습니다. 그러나 제 이름이 부끄럽지 않습니다. 저희 또래들은 '정직하게 좀 살아라' '부 정직'이라 하고 어른 분들은 '고정된 직업'이라고 하십니다.……
> 현재의 나는 2% 부족한 것이 아니라, 몇 십, 몇 백 % 부족합니다. 지금이라도 깨닫게 되어 다행이라고 생각합니다. 앞으로 많은 것들을 보고 듣고 배우고 많은 사람들을 만나봄으로써 부족한 %를 채워나갈 것입니다. 완성된 나를 위해서 끊임없이 그리고 내 이름처럼 고정된 마음을 갖고 목표를 위해 달려갈 것입니다.

처음에 쓴 글은 문장도 짧고 문장 간에 연결이 되지 않는데 비해 두 번째 글은 이름에 대한 에피소드를 곁들여 시선을 끌고 문장과 문장의 연결이 자연스럽게 이루어져 있다. 즉 주어진 주제에 대해 마지못해 글을 쓰는 경우와 제대로 써보겠다는 마음으로 쓸 경우의 차이를 알 수 있다.

둘째, 글은 짓는 것이 아니라 자연스럽게 쓰는 것이란 생각을 한다.

억지로 잘 쓰려고 꾸미기보다 있는 그대로 생각 그대로 자연스럽게 우러나오는 것을 써야 한다. 테크닉이 중요한 것이 아니라 진솔한 마음이 그대로 잘 드러났나가 중요하다.

다음 글들을 보자.

> 우리 어머니는
> 날마다 시장에 가십니다.
> 오늘도 새벽에 나갔습니다.
> 우리 어머니는 쇳덩어리입니다.
>
> 우리 배꽃에
> 벌이
> 꿀 빨아 먹자 꿀 빨아 먹자 꿀 빨아 먹어
> 하면서 서로 빨아 먹을라고 꿀 빨아 먹을라고
> 윙윙 합니다.
>
> – 이오덕, 『우리문장쓰기』에서 재인용

첫 번째 글은 매일 새벽마다 시장에 나가 일하는 어머니의 모습을 쇳덩어리로 표현하고 있다. 은유의 개념을 알아서 쓴 것이 아니라 다른 사람들이 어머니를 쇳덩어리라고 한 말을 그대로 가져다 쓴 것으로 보인다. 즉 기법을 모르더라도 삶 속에서 보고 들은 것을 진솔하게 표현하고 있으므로 좋은 글이라고 할 수 있다. 두 번째 글 역시 꿀을 빠는 모습을 표현했는데 '꿀 빨아 먹자'를 되풀이하여 날아다니는 벌의 모습을 생생하게 그려냈다.

다음 기성시인의 시를 읽어 보자.

비유나 반복 등의 기법이 나타나긴 하지만 시장에서 돌아오지 않은 엄마를 걱정하는 아이의 마음이 쉽고 진솔하게 그려져 있다. 내용도 단순하고 표현이나 기법도 복잡한 것이 없지만 엄마를 기다리는 마음이 그대로 전달되므로 감동을 준다.

> 열무 삼십단을 이고
> 시장에 간 우리 엄마
> 안 오시네, 해는 시든 지 오래
> 나는 찬밥처럼 방에 담겨
> 아무리 천천히 숙제를 해도 엄마 안 오시네, 배추잎 같은 발소리 타박타박
> 안 들리네, 어둡고 무서워
> 금간 창 틈으로 고요히 빗소리
> 빈방에 혼자 엎드려 훌쩍거리던
>
> – 기형도, 「엄마 걱정」에서

다음은 외국시인의 시인데 역시 구어체로 쉽게 표현된 시이다.

> 아이야, 너는 땅바닥에 앉아서 정말 행복스럽구나, 아침나절은 줄곧 나무때기를 가지고 놀면서!
> 나는 네가 그런 조그만 나무때기를 갖고 놀고 있는 것을 보고 미소를 짓는다.
> 나는 나의 계산에 바쁘다, 시간으로 계산을 메꾸어버리기 때문에.
> 아마도 너는 나를 보고 생각할 것이다, "너의 아침을 저렇게 보잘 것 없는 일에 보내다니 참말로 바보같은 장난이로군!" 하고.
> 아이야, 나는 나무때기와 진흙에 열중하는 법을 잊어버렸단다.
> 나는 값비싼 장난감을 찾고 있다. 그리고 금덩어리와 은덩어리를 모으고 있다.
> 너는 눈에 띄는 어떤 물건으로도 즐거운 장난을 만들어낸다. 나는 도저히 손에 넣을 수 없

> 는 물건에 나의 시간과 힘을 다 써버린다.
> 나는 나의 가냘픈 쪽배로 욕망의 대해를 건너려고 애를 쓴다. 그리고 자기도 역시 유희를 하고 있는 것에 지나지 않는다는 것을 잊어 버리고 만다.
>
> – 타고르, 「장난감」에서

이 시는 아이에게 말을 거는 형식이므로 시라기 보다 일상적인 대화를 연상시킨다. 그러나 순수한 아이에 비해 타산적이고 욕망에 휘둘리는 자신의 삶을 질타하고 반성하는 철학적 주제가 녹아있어 읽는 사람에게 자신의 삶을 되돌아보게 하는 힘이 있다. 기교 없이 쉬운 말로도 충분히 주제를 전달하고 감동을 줄 수 있는 예를 보여준다.

한자어를 많이 섞고 어려운 단어를 써야 훌륭한 글이고 멋지게 꾸며야 좋은 글이라 생각하기 쉬운데 이는 잘못된 것이다. 특히 격식을 차리는 글에서 이런 경우를 많이 보는데 앞으로 고쳐야 할 점이다. 글재주를 부린 글보다는 소박해도 진실이 담긴 글, 자신의 생각을 쉬운 표현으로 드러낸 글이 좋은 글이다.

좀 더 나아가서 창의적이고 문학적인 글을 쓰기 위해서는 보다 전문적인 훈련이 필요하다. 평소에 주변의 사물들이나 사건, 사람들에 대한 꼼꼼한 관찰이 필요하며 관찰에서 끝나지 않고 그들에게서 어떤 영감을 떠올릴 수 있어야 한다. 특히 틀에 얽매이지 않은 자유로운 시선과 상상력, 창의적 사고가 필요하며 평소에 열린 태도로 삶과 사물들을 관찰해야 한다. 아울러 꾸준한 독서를 통해 인간과 사회를 바라보는 시선을 성숙시킬 필요가 있다.

생각해보기

1. '글쓰기를 잘하기 위해 필요한 것들'이란 주제로 조를 짜서 브레인스토밍을 해 봅시다.

2. 자신이 글 쓰는 데 익숙하지 않다면 그 이유는 무엇일까 생각해 봅시다.

3. 어릴 때 글쓰기 경험에 대해 이야기를 나눠봅시다.

2. 놀이로 글쓰기

처음 글쓰기를 하는 사람은 무엇을 어떻게 써야 할지 막막해 한다. 글쓰기를 부담스러워 하는 사람들은 잘 써야겠다는 강박이 강한데 이에서 벗어나기 위해서는 가벼운 마음으로 놀이처럼 접근하는 것이 효과적이다.

패트릭 하트웰이 창안한 방법으로 1분간 글쓰기가 있다. 이 방법은 글쓰기를 부담스러워하는 사람들에게 도움을 준다. (최숙인, 『대학생을 위한 실용글쓰기와 예절』 참조)

방법은

- 먼저 아무 낱말이나 불러준다.

- 듣자마자 그냥 떠오르는 대로 글을 써나간다.

- 쓰다가 생각이 막히면 '모르겠다'라고 쓰고 다시 생각이 나면 계속 써나간다.

단 1분 동안 쓰기를 멈추지 말고, 글을 쓰다가 고민하거나 쓴 것을 지우지 않는다.

이와 같은 방법으로 1분간 써보자. 아마 처음엔 많이 쓰지 못할 것이다. 그러나 다시 써본다면 조금 늘었을 것이고 '모르겠다'를 쓴 횟수도 조금 줄었을 것이다. 즉 1분간 글쓰기는 글쓰기에 대한 부담을 줄이고 여러 번 되풀이함에 따라 조금씩 변화되는 것을 느낄 수 있게 한다.

1분간 글쓰기에 익숙해졌다면 조금 시간을 늘려 본다. 곧 1분 생각하고 3분간 써보는 것이다. 이 방법은 어떤 주제에 대해 1분간 생각한 뒤 3분간 쉬지 않고 계속 쓰는 것이다. 역시 쓰다가 생각이 나지 않으면 '모르겠다'를 쓰고 다시 생각이 나면 계속 이어 쓴다. 이 경우 1분간 생각했기 때문에 글의 내용이 보다 조리정연해질 것이다. 이와 같은 연습을 반복한다면 글쓰기의 부담이 적어지는 것을 느낄 수 있을 것이다.

다음은 한 학생이 '지하철'을 소재로 하여 1분 동안 쓴 글이다.

> 지하철은 너무 복잡하다. 나에게 지하철의 이미지는 복잡하고 힘들고 모르겠다. 최악의 이미지다. 모르겠다. 내가 왜 그런 첫 이미지를 갖게 되었는지는 알 수

지하철은 자주 이용하는 교통수단이므로 비교적 쉽게 글을 써나가고 있는데 띄어쓰기나 맞춤법이 틀리고 '모르겠다'도 2번 나타난다. 또 '복잡하다'는 말이 반복되고 있어 생각이 정연한 글과는 거리가 있다. 그러나 잘 쓰는 것이 목적이 아니므로 이렇게 쓰기를 반복하다 보면 글쓰기의 부담이 줄어드는 것을 느끼게 된다.

한 번 쓴 것을 다시 쓰면 조금 정리가 되는 것을 볼 수 있다.

> 늦게 끝나서 지하철을 탔다. 피곤하다. 밤이라서 사람이 별로 없다. 느낌이 썰렁하다. 모르겠다. 사람들이 피곤해보인다. 하지만 집에 돌아가는 마음이 기대감이

다음은 1분간 생각하고 3분 동안 쓴 글이다.

> 늦게 끝나고 집으로 가는 지하철에 탔다. 아아 피곤하다. 밤이라 그런지 지하철에 사람이 많이 없다. 선선한 느낌이다. 모두의 얼굴은 조금씩 피곤함에 지쳐있다. 하지만 고된 하루의 일과를 마치고 돌아가는 얼굴에 집에 가서 무엇을 할까 하는 기대감도 보인다. 모르겠다. 정류장이 가까워감에 따라 점점 사람 수가 적어진다. 나도 이젠 내려야 한다.

생각 없이 쓴 앞의 글에 비해 '모르겠다'가 들어가긴 하지만 생각이 많이 정돈된 것을 볼 수 있다. 이처럼 생각없이 쓴 글과 조금이라도 생각하고 쓴 글의 차이를 직접 확인하면서 글을 써보면 스스로 자신감이 생기고 어느 순간 글쓰기에 대한 부담이 적어졌음을 느끼게 된다.

생각해보기

1. 다음에 대해 1분간 생각하고 3분간 써봅시다.

가족 : _____

_____

_____

_____

_____

SNS : _____

_____

_____

_____

_____

_____

나의 미래 : _____

_____

_____

_____

_____

_____

2. 다음 낱말에서 연상되는 것을 이어서 적어봅시다.

비누   - (   ) - (   ) - (   ) - (   ) - (   )
           - (   ) - (   ) - (   ) - (   ) - (   )
           - (   ) - (   ) - (   ) - (   ) - (   )

인공지능   - (   ) - (   ) - (   ) - (   ) - (   )
           - (   ) - (   ) - (   ) - (   ) - (   )
           - (   ) - (   ) - (   ) - (   ) - (   )

공항   - (   ) - (   ) - (   ) - (   ) - (   )
           - (   ) - (   ) - (   ) - (   ) - (   )
           - (   ) - (   ) - (   ) - (   ) - (   )

3. 다음 글자들로 3행시를 지어봅시다.

새 : ....

내 : ....

기 : ....

글 : ....

쓰 : ....

기 : ....

대: ....

학 : ....

생 : ....

4. 다음의 상황을 상상해 써봅시다

내가 투명인간이라면 :

내가 국회의원이라면 :

내가 조선시대에 태어났다면 :

5. 다음 문장으로 시작하는 글을 완성하시오

– 한 여자가 급히 병원 문을 열고 들어갔다.

_____
_____
_____
_____
_____
_____
_____
_____
_____

– 내 방에서 혼자 책을 읽고 있는데 갑자기 밖에서 '우지끈 쾅' 하는 소리가 들려왔다.

_____
_____
_____
_____
_____
_____
_____
_____

제3장
글쓰기의 기초

1. 원고지 사용법

최근에는 원고지에 글을 쓰는 경우가 드물기 때문에 원고지 사용법을 익힌다는 것이 시대착오적으로 보일 수도 있겠다. 그러나 오랫동안 200자 원고지로 글을 써 왔으므로 글의 분량을 가늠할 때 '200자 원고지 몇 장'이라는 말로 표현하고 있고 대학입학이나 편입 논술시험은 원고지에 작성하기 때문에 원고지 작성법은 여전히 필요하다. 그리고 원고지에 글을 쓰는 규칙은 워드로 글을 쓸 때도 마찬가지로 적용되기 때문에 원고지 사용법은 실제로 글을 쓰는 데 기본이 된다.

1.1. 제목과 이름 쓰기

글의 제목이나 필자의 이름은 인쇄할 때 본문보다 큰 글자로 하게 되므로 원고지 상에서 여백을 두고 써주는 것이 좋다. 그래서 글의 제목은 원고지 둘째 줄에 쓰고 좌우 여백을 고려하여 대체로 중앙에 위치하도록 쓴다. 만약 부제가 있을 경우에는 제목 바로 밑에 양 끝에 줄표(-)를 하고 쓴다.

필자의 이름은 제목이 끝나는 줄에서 한 줄을 띄고 오른쪽으로 치우치게 쓴다. 성과 이름 사이는 띄지 않고 붙여쓴다.

1.2. 본문 쓰기

본문은 이름을 쓴 줄로부터 한 줄이나 두 줄 정도 공백을 두고 쓰기 시작한다.

원고지 한 칸에 한 글자씩 쓰는 것이 원칙이고 띄어쓰기 역시 한 칸을 비운다. 주의할 점은 단락을 바꿀 경우에만 원고지 왼쪽 첫 칸을 비우는 것이다. 띄어쓰기를 해야할 자리가 왼쪽 첫째 칸이 될 경우, 첫 칸을 비우는 사람이 많은데 비우지 않고 그대로 써야 한다.

또 구두점이나 괄호와 같은 문장부호도 한 칸을 차지한다. 그러나 쉼표(,), 마침표(.), 쌍점(:), 쌍반점(;) 등은 글자 하나로 취급되지 않으므로 이들 부호 다음에는 칸을 비울 필요 없다. 줄표(-)나 말없음표(……)는 두 칸을 차지한다.

아라비아 숫자나 영어의 알파벳 소문자는 한칸에 두 자씩 들어간다. 단 알파벳 대문자와 로마 숫자는 한 칸을 차지한다. 소제목이나 항목을 표시할 때 그 제목을 쓰고 난 다음 한 줄을 띄고 본 내용을 쓴다.

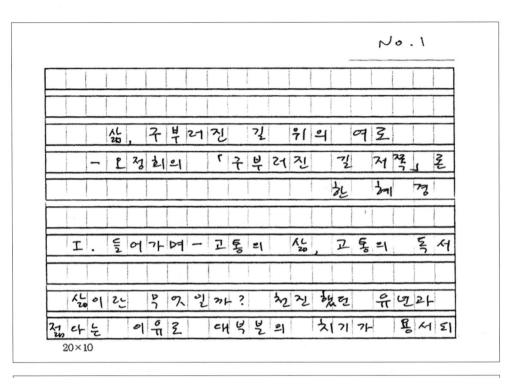

No. 1

삶, 구부러진 길 위의 여로
— 오정희의 「구부러진 길 저쪽」론
한 혜 경

I. 들어가며 — 고통의 삶, 고통의 독서

삶이란 무엇인가? 천진했던 유년과
젊다는 이유로 대부분의 치기가 용서되

20×10

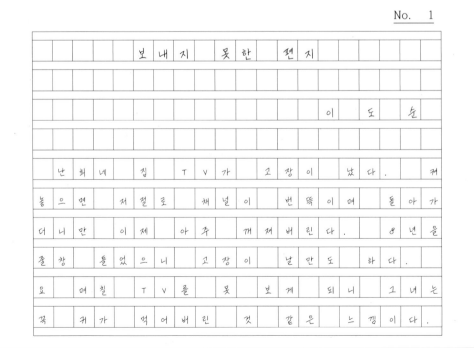

No.　1

		보	내	지		못	한		편	지									
														이		도		순	
	난	희	네		집		T	V	가		고	장	이		났	다	.		켜
놓	으	면		저	절	로		채	널	이		번	뜩	이	며		돌	아	가
더	니	만		이	제		아	주		꺼	져	버	린	다	.		8	년	을
줄	창		틀	었	으	니		고	장	이		날	만	도		하	다	.	
요		며	칠		T	V	를		못		보	게		되	니		그	녀	는
꼭		귀	가		먹	어	버	린		것		같	은		느	낌	이	다	.

1.3. 원고의 수정과 교정부호

원고를 수정할 때는 본문에 쓴 필기도구를 사용하는 것이 좋으며 틀린 부분을 분명하게 두 줄로 그어 삭제하고 그 위의 여백에 고칠 내용을 써넣는다. 불필요한 부분이나 글자를 삭제하려면 그 부분을 묶어서 빼라는 표시를 한다. 지운 것을 다시 살리고 싶을 때는 한자로 '生'자를 표시하면 된다.

원고 교정부호로는 다음과 같은 것들이 있다.

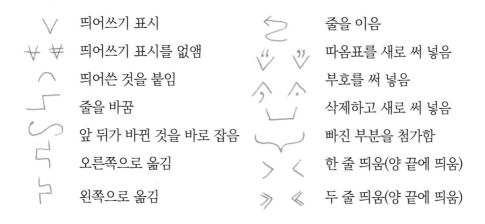

∨ 띄어쓰기 표시	줄을 이음
띄어쓰기 표시를 없앰	따옴표를 새로 써 넣음
띄어쓴 것을 붙임	부호를 써 넣음
줄을 바꿈	삭제하고 새로 써 넣음
앞 뒤가 바뀐 것을 바로 잡음	빠진 부분을 첨가함
오른쪽으로 옮김	한 줄 띄움(양 끝에 띄움)
왼쪽으로 옮김	두 줄 띄움(양 끝에 띄움)

긴 어절이나 문장을 보충해 넣으려면 다른 종이에 그 내용을 쓴 뒤 끼워넣을 곳에 끼움표를 한 뒤에 '별지 원고 삽입'이라고 쓴다. 다른 종이에 쓴 원고를 '별지 원고'라고 표시한 다음 원고 위쪽에 풀칠하여 첨부한다. 별지 원고가 여러 장일 때는 각각 번호로 구분해 준다.

또 도표나 사진 등을 삽입하려면 원고 본문에 사진이 들어간다는 표시를 하고 그만큼의 여백을 남겨놓는다. 도표나 사진이 여러 장일 경우 일련 번호를 기입하고 실제 도표나 사진은 따로 묶거나 원고 뒤에 일괄적으로 정리해 두어야 한다.

2. 띄어쓰기

한글맞춤법은 '문장의 각 단어는 띄어 씀을 원칙으로 한다'라고 명시하고 있다. 그러나 조사는 단어지만 앞말에 붙여 쓰고 의존명사는 띄어 쓴다.

2.1. 조사, 어미, 의존명사

조사는 그 앞말에 붙여 쓰고 의존명사는 띄어 쓴다. 어미는 붙여 쓴다.

* 만, 대로, 만큼, 뿐

　그는 온 지 삼십 분 만에 일어났다.(의존명사)

　형만 한 아우 없다.(보조사)

　놀기만 하더니 시험에 떨어졌구나.(보조사)

　나는 나대로 알아볼 거야.(조사)

　선생님 좋으실 대로 선택하세요.(의존명사)

　학교에서만큼은 얌전히 있어라.(조사)

　그 음악은 눈물이 핑 돌 만큼 감동적이었다.(의존명사)

　그 아이에게는 할머니뿐이다.(조사)

　나는 응원만 했을 뿐이야.(의존명사)

* 지, 데

　그가 고향을 떠난 지 10년이 지났다.(의존명사)

어제 잘 들어갔는지 궁금했어요.(어미)

여기까지 끌고 오는 데 얼마나 힘들었는지 모른다.(의존명사)

집에 가는데 눈이 내리기 시작했다.(어미)

* **커녕, 라고, 부터, 마는, 이다**

조사이므로 붙여 쓴다.

얘기하기는커녕 만나지도 못했다.

의사는 "치료가 잘 끝났습니다"라고 말했다.

오늘부터 열심히 공부해야겠다.

이번엔 하겠습니다마는 다음엔 기대하지 마세요.

그것은 내 가방이다.

나는 대학생입니다.

* **바, 수, 것**

의존명사이므로 띄어 쓴다.

네가 말하는 바를 알겠다.

말할 수 없이 예쁘다.

아는 것이 힘이다.

어쩔 수 없이 내가 갈 수밖에 없다.

2.2. 숫자

숫자는 만 단위로 띄어 쓴다. 순서를 나타내는 경우와 숫자와 어울려 쓰는 경우에는 붙여 쓸 수 있다.

이십삼억 사천육백사십오만 팔천오백이십팔

23억 4645만 8528

한 개, 한 대, 한 채, 백 원

두시 사십분 삼초

삼학년, 첫째, 육층

1987년 4월 15일

10개, 80원, 7미터

16동 502호

제1어학실습실

제일과, 2대대

삶이란 우리의 인생 앞에 어떤 일이 생기느냐에 따라 결정되는 것이 아니라
우리가 어떤 태도를 취하느냐에 따라 결정되는 것이다.
- 존 호머 밀스

1. 다음 문장을 띄어쓰기에 맞게 고치시오.

　오늘은유난히햇빛이밝은날입니다.어제내린비가온갖먼지를씻어낸자리에오늘은일제히햇빛이내려쪼이고있습니다.멀리산림과눈앞의벽돌담이다함께본래의색깔로빛나고있습니다.나는이넓은햇빛속에서가끔우렁찬아우성소리를듣는때가있습니다.낮은소리에서부터서서히음계를높여가서는가장높은꼭대기에서폭발하여합창으로되는아니소리가빛이되는그런순간이있습니다.오늘도씻은듯밝은산림과벽돌담에은총으로쏟아지는햇빛이방금이라도우렁찬아우성으로비약할듯합니다.자연의위대함에경탄하다가창가에목을뽑고있는나자신에게로돌아오면광막한자연으로부터지극히사소한나의애환으로돌아오면순간고적감이송곳같이파고듭니다.

－ 신영복, 「감옥으로부터의 사색」에서

3. 맞춤법

한글맞춤법은 "한글맞춤법은 표준어를 소리대로 적되, 어법에 맞도록 함을 원칙으로 하고 있다"고 규정하고 있다. 맞춤법을 잘 익혀서 바른 문장을 쓰도록 하자.

3.1. 'ㅂ' 불규칙 용언의 표기

'ㅂ'불규칙 용언은 '-워'로 쓴다.

단 '곱다'와 '돕다'는 'ㅏ'와 결합할 때 '와'로 소리나므로 '와'로 적는다.

1. 학교까지의 거리가 (가까와서 / 가까워서) 좋았다.

2. 그 말을 들으니 너무 (괴로웠다 / 괴로왔다).

3. 무엇보다 마음이 (고와야 / 고워야) 한다.

4. 세밀한 데까지 신경 써 주어서 (고마워 / 고마와).

5. 푸른 옷을 입은 그녀의 모습이 너무 (아름다워서 / 아름다와서) 눈을 뗄 수가 없었다.

3.2. 부사형 어미 '-이'와 '-히'의 구별

부사의 끝 음절이 '이'로 나는 것은 '-이'로 적고 '-히'로만 나거나 '이'나 '히'로 나는 것은 '-히'로 적는다.

1. 유리창을 (깨끗이 / 깨끗히) 닦아라.

2. (솔직이 / 솔직히) 말하면 그 곳에 가기 싫어.

3. 주어진 기회를 (번번이 / 번번히) 놓치곤 했다.

4. 그는 무엇이든지 (일일이 / 일일히) 따지는 성격이다.

5. 매듭을 너무 (꼼꼼이 / 꼼꼼히) 묶었구나.

3.3. 사이시옷의 표기

순 우리말로 되거나 순 우리말 + 한자어로 이루어진 합성어 중 뒷말의 첫소리가 된소리로 나는 경우, 뒷말의 첫소리 'ㄴ', 'ㅁ' 앞에서 'ㄴ' 소리가 덧나는 경우, 뒷말의 첫소리 모음 앞에서 'ㄴㄴ' 소리가 덧나는 경우에는 사이시옷을 표기한다.

단 한자어끼리의 합성어인 '곳간', '셋방', '숫자', '찻잔', '툇간', '횟수'는 사이시옷을 표기한다.

1. 문제의 (초점 / 촛점)을 흐리다.

2. 친구의 집은 (아래마을 / 아랫마을)에 있다.

3. 할아버지 (제삿날 / 제사날)이어서 여러 식구가 모였다.

4. (시내물 / 시냇물)이 졸졸 흐르네.

3.4. '-든'과 '-던'의 구별

과거를 나타낼 때 '-던'으로 적고 물건이나 일의 내용을 가리지 않는다는 뜻의 조사와 어미는 '-든'으로 적는다.

1. 지난여름은 얼마나 (더웠던지 / 더웠든지) 견디기 힘들었다.

2. 네가 선택한 것은 (무엇이든지 / 무엇이던지) 찬성할 생각이다.

3. 어머니는 외할머니께서 (입으셨던 / 입으셨든) 옷들을 잘 보관하였다.

4. 선생님께서 (가르치셨던 / 가르치셨든) 것을 기억해 봐.

5. 대학에 (가든 / 가던) 취직을 (하던 / 하든) 마음대로 해라.

3.5. '안'과 '않'의 구분

'안'은 '아니'의 준말이고 '않'은 '아니하-'의 준말로 '않다', '않았다', '않겠다'와 같이
활용하는 용언의 어간이다.

1. 앞으로 그 사람을 (안 / 않) 만날 거야.

2. 아무리 기다려도 그는 오지 (않았다 / 안았다).

3. 점심을 먹지 (않아서 / 안아서) 배가 고프다.

4. 극장에 (안 / 않) 가는 대신 도서관에 가야겠다.

3.6. '-데'와 '-대'의 구분

'-데'는 과거에 직접 경험한 내용을 말할 때 쓰고 '-대'는 남의 말을 전달할 때 쓴다.

1. 은숙이가 대학에 (합격했대 / 합격했데).

2. 그 학생 참 (착실하대 / 착실하데).

3. 그 가게가 더 (좋다는데 / 좋다는대).

4. 이번 학기에 영희가 장학금을 (탄대 / 탄데).

3.7. '로서'와 '로써'의 구분

'로서'는 자격의 뜻으로 명사 뒤에 붙고, '로써'는 도구나 수단의 뜻으로 술어 뒤에 붙는다.

1. 그는 (교사로서/교사로써) 자격이 충분하다.

2. 꾸준히 (노력함으로써/노력함으로서) 오늘의 영광을 안았다.

3. 나의 친절에 그녀는 (미소로서/미소로써) 보답했다.

4. 시큰둥하게 (말함으로써/ 말함으로서) 거절의 뜻을 나타냈다.

3.8. 준말

* 'ㅏ, ㅕ, ㅗ, ㅜ, ㅡ'로 끝난 어간에 '-이'가 붙어 준말이 될 때

   누이다 → 뉘다

   뜨이다 → 띄다

   쓰이다 → 씌다

1. 우리 딸이 제일 눈에 (띄네 / 띠네).

2. 원고지 첫 칸은 항상 (띄고 / 띠고) 시작한다.

3. 김 대위는 중요한 임무를 (띄고 / 띠고) 활동했다.

4. 설날에 연을 (띄우고 / 띠우고) 놀곤 했다.

4. 바른 어휘

자신의 생각을 글로 표현하는데 어떤 단어를 써야 좋을지 난감할 때가 있을 것이다. 여러 어휘 가운데 어떤 어휘를 골라 쓰는가에 따라 글의 수준이나 품격이 달라지므로 어휘 선택에 유의해야 한다. 또 다양한 어휘를 알고 있어야 골라 쓸 수 있으므로 독서를 통해 어휘력을 향상시키고 모르는 단어가 나오면 사전을 찾아보는 습관을 기르도록 한다.

4.1. 혼동하기 쉬운 어휘들

* 일절/일체

　일절: 아주, 전혀, 절대로의 뜻

　　　　일반인의 출입을 일절 금지했다.

　일체: 전부, 완전히의 뜻

　　　　안주 일체가 저렴하다

* 왠지/웬

　왠지 : 왜 그런지

　　　　그 노래를 듣자 왠지 슬픈 느낌이 들었다.

　웬 : 어찌된

　　　　이게 웬 일이야.

* 배다/베다

　배다 : 스며들거나 스며나오다. 버릇이 되어 익숙해지다.

냄새가 배어 잘 빠지지 않는다. 자꾸 웃음이 배어 나왔다

일이 몸에 배어 자연스럽다.

베다 : 베개를 베다. 날이 있는 연장 따위로 무엇을 끊거나 자르다.

무릎을 베고 누워 있다.

나무를 베었다.

* 벌이다/벌리다

벌이다 : 일을 시작하거나 물건을 늘어놓다. 놀이판을 차리다

잔치를 벌이다. 사업을 크게 벌이다. 논쟁을 벌이다.

벌리다 : 둘 사이를 넓히거나 멀게 하다

입을 벌리다. 자루를 벌리다. 줄 간격을 벌리다.

* 마치다/맞추다

마치다 : 하던 일을 끝내다. 마무리하다.

회의를 마치다. 집안일을 마치다.

맞추다 : 틀리거나 어긋남이 없게 하다. 마주 재다.

물건을 미리 부탁해 만들게 하다.

마음에 맞게 하다. 옳은 답을 대다.

박자를 맞추다. 입을 맞추다. 양복을 맞추다.

비위를 맞추다. 보조를 맞추다.

* 작다/적다

작다 : 넓이, 부피, 길이, 키 등이 보통 정도에 못 미치다.

키가 작다. 몸집이 작다. 방이 작다.

신발이 작아서 발이 아프다.

적다: 분량이나 수효가 일정한 기준에 이르지 못하다. '많다'의 반대.

사람 수에 비해 그릇 수가 적다.

* 가르치다/가리키다

가르치다 : 일깨워 알게 하다

공부를 가르치다. 버릇을 가르치다.

가리키다 : 말, 표정, 동작 등으로 집어서 이르다.

동쪽을 가리키다. 시계바늘이 12시를 가리키다.

* 어떻게/어떡해

어떻게: '어떻다'의 활용형으로 다음에 서술어가 온다.

어떻게 왔니?

어떡해: '어떻게 해'의 준말로 서술어.

그렇게 울면 어떡해?

4.2. 우리말 사용

한자는 오랜 기간 동안 우리 민족의 문자 생활을 담당해왔기 때문에 우리말에 상당한 영향을 미치고 있다. 일제 식민지 기간 동안 사용한 일본어의 침투, 근대 이후 서양문화의 유입으로 함께 들어온 외국어의 영향도 무시할 수 없다. 이들 외래어는 우리말의 어휘를 풍부하게 해주는 긍정적인 측면도 지니고 있지만 우리의 고유어를 밀어내는 부정적인 측면을 함께 가지고 있다.

우리의 의사소통은 우리말의 구조로 이루어진다는 것을 생각할 때 불필요한 한자어나 외국어를 사용하는 것은 불편하고 어색한 일이다. 그렇다고 억지로 고유어를 만들어 쓰는 것도 역효과가 날 수 있다. 전문분야에 따라 외국어 또는 외래어를 사용하기도 하므로 사실 어떤 절대적인 기준을 정하기는 어려운 문제이다.

그러나 좋은 우리말 표현이 있는데 일부러 외래어를 사용하는 것은 자제해야 하며 이왕이면 좋은 우리말을 쓰고자 노력해야 할 것이다. 결국 쉽고 정확하게 의사를 전달한다는 기본 원칙을 상기하는 것이 중요하다고 하겠다.

다음과 같은 한문투의 표현은 우리 주변에서 많이 볼 수 있는 것이다.

• 사태발발 이후 미국은 초지일관 후세인에 대해 쿠웨이트에서의 무조건 철군과 쿠웨이트 정통정부의 복원을 요구하고……

• 이상의 족적을 살펴보면

• 이상의 사실을 양지하시기 바랍니다.

• 지정열차에 한하여 유효하며 도중역에서 하차시 다시 사용하지 못하나 다른 열차로 변경요구시에는 해당 추가운임 요금을 수수하고 변경 취급합니다.

• 이 도로는 노견이 없습니다.

다음은 일본어투의 표현이다.

• 자신의 능력을 부인하는 것에 다름 아니다.

• 이번 신도시 개발사업은 주목에 값하는 것이다.

• 이 최고회의는 원래의 수순으로 진행된 것이 아니다.

• 김교수의 업적을 평가하는 데 있어서 그의 학력과 특이한 경력에 주목한다.

다음은 영어어휘를 쓰고 영어식으로 표현한 문장들이다.

- 이 크림은 피부에 즉각적으로 스며들어 얼굴라인을 팽팽하게 하고 피부 컬러를 환하게 해줍니다.
- 올 가을의 트렌드는 브라운 컬러의 재킷과 체크무늬의 스커트이다. 이것으로도 뭔가 허전하다면 목에 살짝 스카프나 머플러를 두르거나 부츠를 곁들인다면 그야말로 멋진 가을 룩을 완성할 수 있다.
- 스케줄이 바빠서 인터뷰할 시간을 만들기가 어렵습니다.
- 빠진 것이 없나 잘 체크하라고 오더가 내려왔어요.
- 효의 중요성은 아무리 강조해도 지나치지 않다.
- 좋은 아침 되세요.
- 나는 훌륭한 어머니를 가졌다.

5. 바른 문장 쓰기

문장은 글을 이루는 기본 단위이다. 각각의 단어들이 모여 하나의 문장으로 이루어질 때 비로소 어떤 생각이 전달될 수 있다. 이 문장들이 모여 하나의 글이 완성된다.

아름다운 수식이나 뛰어난 문체도 중요하지만 무엇보다도 문법에 맞는 바른 문장을 쓰는 것이 중요하다. 즉, 좋은 문장은 바른 문장이다.

5.1. 문장의 기본 구조와 문장성분

문장은 하나의 완결된 생각을 표현하는 최소단위이다.

주어와 서술어를 포함한 두 개 이상의 성분으로 이루어진다.

홑문장(단문)과 겹문장(복문)

홑문장의 예

- 바람이(주어) 분다.

- 새가 노래한다. 하늘이 파랗다. 오늘이 춘분이다. (서술어)

- 학생들이 책을(목적어) 읽는다.

- 흰(관형어) 구름이 떠간다.

- 세월이 아주(부사어) 빠르다.

- 아!(독립어) 그가 다시 돌아온다.

겹문장의 예

- 농부는 비가 오기를 기다린다.

- 코끼리는 코가 길다.

- 나는 어머니가 만들어주신 옷을 입고 있다.

- 그는 말도 없이 떠나버렸다.

- 나는 여름을 좋아하고 그는 겨울을 좋아한다.

다음 문장에서 주어와 서술어를 찾아 봅시다.

1) 우리는 잠시 문학이란 무엇인가 생각하였다.

2) 영수는 먼 거리에서도 사람을 잘 알아보는 재주가 있다.

3) 먼저 나라를 위해 무엇을 해야 할 것인지 생각하는 것이 중요하다.

5.2. 문장성분의 호응관계

문장 안에서의 각 성분이 서로 호응을 이루어야 바른 문장이다.

우리말은 문장성분을 생략하는 경우가 많은데 글에서는 확실하게 알 수 있는 경우가 아니면 문장성분을 생략해서는 안 된다.

다음 문장을 보자.

> 몇 명의 관리요원에만 의존한 관리는 높은 성과를 기대할 수 없음을 이해하시어 입주자 스스로가 공동생활의 제 규정을 지키는 주인의식이 절대적으로 실현되어야 보다 쾌적한 생활 여건이 이루어질 것이며 다음과 같이 안내 말씀을 드립니다.

이 문장은 주어가 명확하지 않아 어색한 문장이 되었다.

'이루어질 것이며'의 주어는 '생활여건'이므로 '다음과 같이…'의 주어가 될 수 없다. 따라서 '…이루어질 것이며' 다음에 '저희 아파트 관리사무소는' 등의 주어가 삽입되어야 한다., '

다음 문장은 주어와 술어가 호응을 이루지 못한 경우이다.

> 내가 마음이 아픈 것은 아이들이 보호받지 못하고 무심하게 방치되었기 때문에 그것을 보니 정말 안타까웠다.

'마음이 아픈 것'을 주어로 할 경우, '방치되었기 때문이다'로 끝내야 하며, '나는'을 주어로 한다면, '나는 아이들이 보호받지 못하고 무심하게 방치된 것을 보고 정말 안타까운 마음이 들었다'로 해야 주어와 술어의 호응이 맞는 문장이 된다.

다음 문장은 부사와 서술어의 호응이 어색한 경우이다.

> 내가 비록 어리기 때문에 그 일을 하기 힘들었다.
> 김선생은 그가 이 일을 완벽하게 해내리라는 것을 전혀 믿었다.
> 어둠 속에 천천히 움직이는 사람들의 모습이 여간 자극적이었다.

'비록'은 '-할망정', '-지만'과 어울리고, '전혀'는 '-하지 못하다'라는 부정형과 호응을 이루며 '여간' 역시 '-하지 않다'와 함께 써야 한다. 따라서 '비록 어리지만', '전혀 믿지 못했다', '여간 자극적이지 않았다'로 고쳐야 한다.

다음 문장에서 잘못된 것을 고쳐보자.

1) 현대사회로 넘어오면서 우리 생활 속의 여유를 잃어가고 있다는 점이다.

2) 우리가 문제 삼고자 하는 것은 배금주의와 이기주의의 팽배로 전통윤리가 파괴되었다.

3) 참된 자존심이란 부당하게 남이 자신을 천대하고 비하할 때 그로부터 자기 자신의 인격을 보호하려는 마음이 자존심인 것이다.

4) 더욱 큰 문제는 기상 이변이 속출하고 있다는 보도를 우리는 연일 접하고 있다.

5) 이 사진은 거리를 지나던 행인이 한 할머니에게 길을 물어보고 있다.

6) 이번 교양과목으로 논리적 글쓰기를 선택하게 된 이유는 글쓰기 능력을 조금이라도 늘려보려는 취지에서 이렇게 교양과목을 선택하게 되었습니다.

7) 제 취미는 틈나는 시간을 쪼개서 좋아하는 소설책을 읽거나 간단한 웹서핑을 즐기고 영화 보는 것도 가끔 즐깁니다.

8) 제 특기로는 간단한 워드 작성은 대부분 할 수 있고 지금 컴퓨터 활용능력 2급을 준비 중에 있어서 간단한 엑셀작업도 할 수 있습니다.

5.3. 수식할 때

수식관계가 명확하게 드러나지 않으면 글쓴이의 의도가 제대로 드러나지 않는다. 문장 안에서 수식어의 위치가 잘못되었을 때, 또 수식어가 지나치게 길어졌을 때 이상한 문장이 되므로 주의해야 한다.

다음 문장에서 수식관계를 살펴보자.

1) 그녀의 옷에 대한 관심은 대단했다.

2) 사람들이 아름다운 고장을 찾는 것은 자연스러운 일이다.

3) 멋진 그 남자의 미소에 모두 매혹되었다.

4) 어머니는 언제나 힘드셔도 웃음을 잃지 않는다.

5) 책을 읽은 뒤엔 여러 가지 나의 떠다니는 생각의 조각들과 감정의 조각들을 하나하나 적어 나갑니다.

5.4. 외국어식 표현과 번역투 문장

외국어식 표현과 번역투 문장은 가능하면 우리말 표현으로 고쳐준다.

1) 쌀의 수출이 가능한 나라는 미국과 호주다.

2) 농산물을 수출함에 있어 적극적인 홍보가 필요하다.

3) 〈표3〉이 보여주는 바와 같이

4) 이 책상은 한 목수에 의해 만들어졌다.

5) 자연환경의 오염은 인간의 죄악에 다름 아니다.

6) 김교수의 연구는 세계의 주목에 값하는 사건이다.

7) 영국 소설의 발생과 융성에 관한 널리 알려진 연구서의 저자 이언 왓트는 중산계급의 성장과 경제적 개인주의, 17세기에 있어서의 철학상의 새 경향, 산업화와 공정 생산에 따른 여가의 증대와 새 독자층의 대두, 특히 여성의 사회적 지위에 있어서의 복합적인 변화에서 소설 장르 융성의 사회적 기반을 찾고 있다. (유종호, 「소설의 대두」에서)

8) 책의 세계는 유년의 우리들 가슴을 한결 조마조마하게 하고 숨결을 가쁘게 했으며 육체적인 감동과 정신의 집중을 선사해주었다. (유종호, 「무엇을 어떻게 읽을 것인가」에서)

5.5. 조사의 바른 사용

1) 위에 살펴본 바와 같이

2) 그는 대학을 가서 기뻤다.

3) 나에 부모님은 자상하시다.

4) 학교 당국에게 책임이 있다.

5) 교과서 100쪽에 보면 연습문제가 있으니 풀어 보세요.

5.6. 문장간의 호응관계

두 문장을 접속하는 경우 앞 뒤 문장이 서로 호응되어야 하며 접속어를 쓸 경우 의미가 통해야 한다.

1) 그러면 현재 산업재해의 상황은 어떠한지와 산업재해가 일어나는 원인에 대해서 알아보자.

2) 그러한 부정적 측면은 우리나라 교육의 본질적 개혁을 위해서는 감당해야 하며, 행정과정에서 바로 잡힐 수 있다.

3) 어렸을 때부터 명지전문대 근처에서 살아왔던지라 관심없이 지나쳐 다녔는데 제가

이 학교에 입학하고 보니 신기하고 설레입니다.

4) 우연히 접한 시집에서 '나는 너에게 너는 나에게…몸짓이 되고 싶다'라는 글로 시
   작해 책에 대한 매력을 느꼈다.

5) 평소 말주변이 없어서 이 강의를 신청했다가 낮은 점수를 받지 않을까 망설였지만
   그 보다는 제 실력이 늘어날 것이라는 기대를 가지고 왔습니다.

6) 일본에 대해서는 일본어에 관심이 많으니 보통의 딱딱한 공부보다는 일본방송을
   보며 익히고 있습니다.

5.7. 피동과 능동문

우리말은 능동형 문장이 자연스러우므로 가능하면 능동형을 쓰는 것이 좋다.

1) 성적표엔 점수들이 복잡하게 분석되어져 있고 그 성적은 학교에 의해 공고되어 졌다.

2) 그 문제는 끝내 해결되어지지 않았다.

3) 열차가 곧 도착됩니다.

4) 사이비 종교가 많은 사람들에 의해 믿어지고 있다.

5) 나는 그 일이 이루어지리라고 생각되어진다.

1. 다음 글은 하나의 문장으로 되어 있다. 몇 개의 문장으로 나누어 써 봅시다.

　산업체위탁교육 제도는 산업체에서 근무하는 직장인들 중에서 사정상 대학에 진학하지 못한 사람이 연령에 관계없이 고졸 이상의 학력을 지닌 사람이면 누구나 대학교육을 받아 전문학사 학위를 취득할 수 있는 제도로서 평생교육의 차원에서 계속적인 교육의 기회를 부여하고, 사회적인 교육수요를 학교교육과 연계하여 우수한 전문 직업인을 양성하기 위하여 우리대학 학장과 산업체 대표의 계약에 의한 무시험 서류전형으로 전문대학에 입학한 후 소정의 교육과정을 이수하면 전문학사 학위를 취득할 수 있도록 한 직장인만을 위한 교육제도입니다.

2. 다음 글의 한문투를 우리말 표현으로 고쳐봅시다.

  정원외 특별전형의 경우에는 모집인원의 제한 없이 모집이 가능하므로 지원자가 많으면 모집단위별 입학정원의 범위 안에서 모집인원을 초과하여 모집할 수 있습니다.

  정독은 일단 습관화되면 허술한 속독에 적응하지 못할 것이다. 그러나 정독에 값하는 책에 대한 선택적 안목의 획득은 많은 책의 독서 경험을 요구한다. 속독에 의존하지 않고서는 봇물 터져 나오듯 쏟아지는 책들을 감당하지 못할 것이다. 따라서 비록 졸속의 한이 있더라도 속독의 필요성은 커진다.

- 유종호, 「무엇을 어떻게 읽을 것인가」에서

'노(no)'를 거꾸로 쓰면 전진을 의미하는'온(on)'이 된다.
모든 문제에는 반드시 문제를 푸는 열쇠가 있다. 끊임없이 생각하고 찾아내어라.
– 노먼 빈센트 필

과제 2

학 과

학 번

이 름

제출일   20 .   .   .

광고나 주변에서 외래어와 한문투의 표현이나 바르지 않은 표현을 찾아봅시다.

절

취

선

논리적 글쓰기

제1장
주제의 설정

1. 주제의 설정

누구나 글을 쓸 때는 글을 통하여 말하려는 주된 의도가 있다. 이를 주제라 하는데 한 편의 글에서 일관되게 전개되는 중심사상이며 핵심적 의미라고 할 수 있다. 즉 그 글에서 제시된 문제와 그에 대한 해답을 합한 것이라 하겠다.

따라서 글을 쓰기 전에 주제를 설정하고 그것을 계속 의식하면서 일관성 있는 글을 써야 한다. 주제를 설정할 때에는 자신이 쓰고자 하는 내용을 참신하게 드러낼 수 있도록 고려한다. 진부한 주제를 되풀이하는 것은 읽는 이의 관심을 끌 수 없기 때문이다.

또 많이 생각해보고 충분히 살펴본 후 정한다. 가령 '공정성'에 대한 글을 쓰고자 할 때, 공정성의 개념과 공정성과 연관된 논란, 사례, 다른 나라의 경우는 어떠한지, 문제점이나 사회에 미친 영향 등등을 살핀 후 주제를 정한다.

가능한 작고 쉽고 재미있고 분명한 것으로 시작하는 것이 좋으며 무엇보다도 자신의 능력에 맞는 것을 선택한다.

추상적 주제일 경우 그 주제를 드러내는 소재를 구체적으로 서술하는 것이 좋다. 다음 글을 보자.

> 여하튼 토굴할매는 산동네에서 가장 비참하고 불쌍한 존재였다. 토굴할매는 상을 거꾸로 비추는 거울이었다. 토굴할매라는 거울에 비추어보면, 산동네 사람들은 늘 자신의 행복한 모습을 볼 수 있었다.
>
> …(중략)…
>
> 나는 어느날 어머니에게 물어보았다. "어머니, 토굴할매보다 더 불쌍한 사람도 있어?" "글쎄, 아마 있겠지. 그래도 뒷집 할머니는 살 집이라도 있잖니? 세상에는 집도 없이 떠도는 사람들이 아주 많단다." "그 사람들보다 더 불쌍한 사람은 없을까?" 어머니는 잠시 궁리하다가 말했다. "가난하다고 해서 다 불쌍한 것은 아니야. 가난한 것은 그냥 가난한 거야. 가장 불쌍한 사람은 스스로를 불쌍하다고 생각하는 사람이야." 나는 어머니의 이 대답이 무척 마음에 들었다.
>
> – 위기철, 「아홉살 인생」에서

위의 글은 글쓴이가 아홉 살일 때 이웃집에 살던 토굴할매에 대해 쓴 것이다. 토굴처럼 음습한 집에서 혼자 살고 있는 할머니는 가난한 산동네에서도 가장 불쌍해 보인다. 그러나 토굴할매보다 못한 사람도 있다는 어머니의 말을 통해 가난에 대한 인식이 상대적이라는 것을 깨닫는다.

가난에 대한 주제는 많이 다뤄온 것이지만 이 글은 토굴할매를 포함하여 가난한 산동네사람들을 어린아이의 눈을 통해 묘사함으로써 물질적으로 궁핍한 것이 불쌍한 것이 아니라 스스로 불쌍하다고 여기는 자가 불쌍한 것이라는 주제를 인상적으로 드러내고 있다.

다음 글은 '대중매체와 원초적 왜곡'이란 제목으로 대중매체의 왜곡 현상을 다룬 글이다.

감각인과 정보인이 현대인이 드러내는 두드러진 특성이라면, 이 특성을 부추기고 발달시키는 하나의 장이 논리적으로 요청된다. 우리는 이 장이 대중문화라는 것을 어렵지 않게 알 수 있다. 대중문화의 특성에 관해 다른 곳에서 논한 바 있거니와, 여기에서는 대중문화가 대중의 사물인식에 어떤 영향을 끼치는가라는 문제에 초점을 맞추어보자. 우리가 우선 주목해야 할 점은 대중문화란 우리가 어느 정도 자란 뒤 우리에게 영향을 미치는 한 요소가 아니라는 점이다.

우리는 대중문화와 더불어 자란다. 현대인에게 대중문화는 그가 공기, 물과 더불어 자라듯이 그 안에서 자랄 수 밖에 없는 매질이다. 대중문화는 단지 우리의 의식을 왜곡시키고 사물에 대한 그릇된 인식으로 이끌기만 하는 것이 아니다.

우리는 대중문화를 통해 우리가 사물을 왜곡하거나 그릇된 인식을 가진다는 생각을 가지지 못하도록 자라난다. 대중문화는 단지 이미 형성된 인식을 왜곡시키는 것이 아니다. 우리는 대중문화와 더불어 처음부터 왜곡된 의식구조로 형성되는 것이다.

…(중략)…

대중문화는 희화화와 속화를 그 본질로 한다. 희화화와 속화를 통해 과학, 예술, 철학의 일그러진 모습은 우리의 어린 시절을 장악한다. 이러한 과정을 통해 우리는 사물에 대한 원초적인 왜곡을 범하게 되며 이 시선은 결정적 계기가 주어지지 않는 한, 우리 의식을 평생 따라다닌다. 이 점에서 대중문화는 현대인의 원초적 의식을 지배한다. 이러한 지배는 광범위하다. 이러한 원초적 왜곡은 우선 만화를 통해 주어진다. 작가의 독창적 창작물이 아닌 한, 만화는 대개 기존의 문학작품을 모방한다. 청소년들은 이 만화를 봄으로써 문학작품을 엉뚱한 형태로 먼저 본다. 만화가 보여주는 이마주는 진짜 작품을 접하기 전에 이미 청소년의 마음 속에 박힌다.

– 이정우, 「현대인의 얼굴」에서

대중문화가 대중의 사물인식에 어떤 영향을 끼치는가라는 문제가 주제임을 분명히 밝히고 그에 대한 사례를 차근차근 제시하며 주제를 전개하고 있다. 현대인과 대중문화의 관계, 대중문화의 속성 등 가볍지 않은 주제를 간결하면서도 단계적으로 설명하고 있다.

설명적 글이나 논리적인 글에서 주제가 너무 광범위하면 글이 막연해지기 쉬우므로 주제를 한정할 필요가 있다. 주제의 범위가 한정되면 주제를 구체적으로 생각하는 단계로 나아가야 한다.

가령 '한국사회의 특성'이란 주제를 생각했다고 할 때 너무 크고 막연하므로 '한국 사회의 가부장적 특성', 또는 '한국사회의 능동성' 등 세부적인 주제로 좁혀야 하고 한국사회 중에서도 구체적으로 어느 시대의 사회인지, 또 지역에 따라 어떤 지역사회의 특성인지 세분화할 필요가 있다. 그 결과 '2000년대 한국 경상도 지역의 가부장적 성격'으로 구체화하면 말하고자 하는 주제가 훨씬 선명하게 드러난다.

2. 주제문 설정

주제를 결정했으면 주제에 담긴 생각을 하나의 완전한 문장으로 만든다. 이를 주제문이라고 하는데 주제를 하나의 명제문으로 작성하는 것이다. 주제문을 작성함으로써 필자 자신이 주제에 대해 명확한 인식을 하고 있는지 스스로 검토할 수 있다. 주제문을 작성할 때 주의할 점은 주제에 관한 자신의 견해를 한정된 주제로 집약시켜야 하는 점이다.

주제문은 필자가 다룰 구체적인 내용을 제시해주고 글 전체에서 다룰 내용의 한계를 설정해 준다. 그리고 필자가 전개할 글의 전체적인 구성을 암시해 준다. 예를 들어 과자의 해로운 점에 대해 글을 쓰고자 할 때, 주제문을 "과자에 포함된 유해성분은 육체적 건강 뿐 아니라 정신건강에까지 나쁜 영향을 미치므로 과자 소비를 줄여야 한다."로 만들면 쓰고자 하는 내용이 정리된다.

좋은 주제문은 　하나의 완결된 문장이어야 한다.(명제문)

의문문의 형태는 좋지 않다.

막연한 표현, 비유적인 표현을 써서는 안 된다.

주제에 대한 필자의 의견이 명확하게 드러나는 것이 좋다.

쓸거리	주제	주제문	제목
역사	역사교육의 필요성	과거사실들을 통해 현재와 미래를 바르게 이끌어갈 수 있다는 점에서 역사는 반드시 가르치고 배워야 한다.	역사는 가르쳐야 하는가
여성	대중문화 속의 여성	대중문화에 표현된 여성이미지는 남성 중심적 사고의 영향을 받는다.	대중문화 속 여성이미지 고찰
영화			
현대사회와 광고			
K-pop			

3. 제목

제목은 글의 강조점을 부각시키는 중요한 요소이다. 글에서 제일 먼저 눈에 띄는 부분이므로 독자의 관심을 끌 수 있는 참신한 것이 좋다.

제목을 붙일 때는 글을 처음 계획하는 단계에서 일단 붙여보고 글을 쓰면서 또는 다 쓴 다음에 적절한가 검토해야 한다. 더 좋은 제목이 떠올랐다면 중간에 바꿀 수 있다.

제목은 형태에 따라 단어식(가을), 어구식(학생부와 대학입시), 문장식(식민지 잔재는 청산되어야 한다), 내용에 따라 문제제기형(청소년 범죄, 더 이상 보고만 있을 수 없다), 주제표현형(왜소해지는 아버지들), 소재부각형(어머니를 생각하며) 부연설명형(논어, 사람의 길을 열다) 등으로 나눠 볼 수 있다.

하나의 제목만으로 글의 전체 내용을 포괄하기 어려울 경우나 좀 더 구체적인 단서를 붙일 때 부제를 활용할 수 있다. '환경오염의 문제 – 대기오염을 중심으로 –', '한국사회와 정보화 – 통신사업을 중심으로'와 같은 제목은 본제목이 가리키는 범위가 너무 클 경우 부제를 붙여 주제를 구체화시키는 예이다.

또 '조선의 여성들 – 부자유한 시대에 너무나 비범했던', '세속도시의 꽃 – 하성란론'과 같은 경우는 다루고 있는 소재에서 중점적으로 추출한 주제를 부제 혹은 본제목으로 활용한 경우이다. 전자는 조선이라는 부자유한 시대에 비범했던 여성들의 삶을 그린 것이고 후자의 제목은 하성란의 소설에서 세속도시에서 피어나고자 애쓰는 꽃의 이미지를 읽은 글임을 보여준다.

인상적인 제목은 독자의 눈길을 끈다. 특히 생활글의 경우는 딱딱한 것보다 재치있는 제목이 좋으며 읽는 이의 성향과 수준을 참고하는 것이 좋다. 어린이를 대상으로 한 책의 경우, 쉽고 재미있는 표현이 좋다. '너는 특별해', '우와! 크리스마스다', '난 네가 보여!'와 같은 제목은 구어체로 친근한 느낌으로 다가오는 제목이다.

최근에는 수험생들을 대상으로 하는 문제집이나 실용서에도 눈길을 끄는 제목을 붙이는 예가 많아졌다. '쎈 수학', '누드 교과서', '뜯어먹는 수능 영단어', '수능잡는 수학' 등 눈길을 끄는 제목을 붙여 독자들을 끌고 있고, '열정의 중심에 서라', '당신의 운명은 10대에 결정된다'와 같은 제목은 명령형 문장과 단정적인 표현을 써서 필자의 신념이 전달되도록 한다.

고전을 다룬 글의 경우 읽기 어렵고 지루하다는 생각이 지배적이다. 그런데 최근 많은 고전 해설서나 번역서들이 현대적 시각에 맞게 재구성하고 해설을 곁들여 참신한 제목을 붙이고 많은 독자들의 구미를 당기고 있다. 박지원의 열하일기를 소개한 '열하일기, 웃음과 역설의 유쾌한 시공간', 정약용의 산문들을 모은 '뜬 세상의 아름다움', 옛 선인들의 좋은 말들을 모아 편집한 '죽비소리', 허균의 글을 모은 '숨어사는 즐거움'들이 눈에 띄는 제목들이다.

학생들이 보고서를 제출할 경우, '보고서', '리포트'라고만 적어 제출하는 경우가 많은데 적절한 제목을 붙여 보자. 독서감상문이나 영화나 연극을 보고난 감상문, 영화평 같은 경우, 「기생충」을 보고', 「삼포가는 길」을 읽고' 식으로 평이한 제목을 쓰지 말고 자신이 느낀점을 중심으로 제목을 붙인다. '계단을 통해 그려낸 빈부의 삶' 또는 '겨울, 혹독하지만 아름다운'과 같은 제목을 붙이면 그 작품들에 대한 글쓴이의 생각이 드러난 제목이 된다.

자기소개서를 쓸 경우에도 내용의 특성에 걸맞는 제목을 붙이면 훨씬 인상적인 글이 된다. '식민지 지식인의 옷벗기'(조혜정), '도덕적 가치를 중시하는 사람', '타인을 배려하는 마음가짐' 등의 제목은 아무 제목 없이 제출된 글보다 그 글을 읽고 싶게 만드는 힘이 있다.

다음의 예문은 주제를 집약한 제목을 붙인 글이다.

세상은 요약하는 사람이 이끌어간다. 최초의 철학자로 일컬어지는 탈레스는 '만물의 근원은 물이다'라고 했다. 왜 그렇게 말했는지는 나도 모른다. 그 뜻을 모른다고 위축될 필요는 없다. 탈레스 그의 생각이니까. 무턱대고 한 얘기는 아닐 것이다. 이유가 있을 테다. 그러면 됐다. 자기가 그렇게 생각한다는데 어쩔 것인가. 탈레스뿐 아니다. 아리스토텔레스도, 소크라테스도 자신의 생각을 한마디로 요약할 줄 알았다. 그것이 그들을 유명하게 만들었다.

정의를 잘 내리는 사람이 있다. 그들은 단언하고 규정한다. 이름 짓기, 이른바 명명하기도 잘한다. 일하다 보면 그런 사람이 선점하고 주도한다. 힘을 가진다. 정의내리는 것으로 글을 시작해보라. 잘 풀린다. 이 글의 시작이 그렇다. 요약은 본질이나 원리, 근본, 바탕을 파악하는 일이기도 하다.

… (중략) …

정의 내리고 본질을 말하는 사람의 첫 번째 특징은 일반화 능력이다. 구체적 사실과 사례에서 공통분모를 찾아내거나 자신의 경험에 의미를 부여할 줄 아는 역량이다. 개별 사건인 경험에서 보편적 지혜를 찾을 수 있는 사람이 글을 잘 쓴다. 늘 삶을 반추한다. 나는 내게 그런 역량과 습관이 있다는 걸 확인하고 놀란다.

두 번째 특징은 도식화, 시각화 능력이다. 써야 할 내용을 종이 한 장에 그리고, 말하고자 하는 내용을 머릿속에 그릴 수 있는 능력, 이것이 글쓰기 힘이다.

– 강원국, 「요약하는 자, 세상을 움직인다」에서

이 글은 요약하는 능력이 중요하다는 사실에 대해 여러 가지 사례를 들어 설명하고 있다.

요약이란 정의를 잘 내리는 것, 곧 본질이나 원리, 근본, 바탕을 파악하는 일이므로, 일반화 능력과 도식화, 시각화 능력을 그 특징으로 한다.

"요약하는자, 세상을 움직인다"로 제목을 붙임으로써 요약하는 능력이 세상을 이끌어 가고 움직일 수 있을 정도로 중요함을 선명하게 제시하고 있다.

제2장
글감의 수집과 정리

글감을 수집할 때 풍부하고 다양하며 근거가 확실하고 주제를 뒷받침해주는 제재(선택되고 제한된 소재)를 수집한다. 기회 있을 때마다 꾸준히 취재하는 것이 좋으며 깊이 있고 폭넓은 독서와 체험이 필요하다. 또 다양한 정보매체와 인터넷을 활용하여 자료를 모은다.

이렇게 수집된 자료들은 잘 정리하는 것이 중요하다. 정리할 때는 그 내용과 중요성의 정도에 따라 분류하여 정리한다.

내용이나 논점에 따라 동일한 사항끼리 분류할 때 주요사항, 주요논점에 관한 것과 종속사항, 종속논점에 관한 것으로 나누어 정리한다. 그리고 글의 구성을 고려하여 자료를 분류한다.

제3장
글짜기

1. 글짜기의 필요성

글짜기란 글의 구조를 짜는 작업으로 쓰고 싶은 글감을 어떻게 배열할 것인가 결정하는 일이다. 곧 개요 작성과 줄거리 짜기를 말한다.

글의 주제를 정한 뒤 곧바로 쓰기 시작하면 일관성있게 쓰기가 어렵다. 원래 의도와 거리가 먼 방향으로 흘러가기도 하고 논지가 흐려질 수도 있으므로 이러한 위험을 피하기 위해 글쓰기에 앞서 전체적 개요를 구상할 필요가 있다.

2. 글짜기의 방식

글짜기의 대체적인 구조가 이루어지면 구상의 내용을 더 구체화하고 도식화하여 작성하는데 이것이 개요 또는 아우트라인 작성이다.

글의 개요를 짤 때, 목차에서 전체의 주제와 각 장의 제목들이 유기적 연관성이 있는지 살펴보아야 하며(통일성) 앞의 목차와 다음 목차 사이에도 연관성이 있는지, 그 항목이 꼭 필요한지 점검하고(연결성), 주제를 효과적으로 전달하기 위해 핵심부분을 강조했는지 살핀다(강조성).

글짜기의 방식을 편의상 구분해 보면 다음과 같다.

* 자연적 글짜기

시간적 순서에 따르는 구상

공간적 순서에 따르는 구상

* 논리적 글짜기

단계적 구상 (3단, 4단, 5단 구상)

포괄적 구상 (두괄식, 미괄식, 쌍괄식, 열거식, 점층식)

*3단 구상 : 서론 - 본론 - 결론

*4단 구상 : 서론 - 본론1 - 본론2 - 결론(기승전결)

*5단 구상 : 발단 - 전개 - 절정 - 전환 - 결말

　　　　　　　주의 환기 - 문제 제기 - 문제 해명 - 해명의 구체화

　　　　　　　- 요약, 남은 과제 제시, 전망

시간적 순서, 공간적 순서에 따른 구상과 단계적 구상의 예를 들어보자.

한국소설의 변화

1. 서론

2. 개화기의 변모양상

3. 3.1운동 전후의 새로운 양상

4. 1920년대 경향소설의 형성과 전개

5. 1930년대 리얼리즘 소설과 모더니즘 소설

6. 결론

기후 변화의 현황과 대책

1. 서론 : 기후 변화의 현황

2. 본론 : 기후 변화의 양상

2.1. 유럽의 경우

2.2. 미국의 경우

2.3. 아시아의 경우

3. 결론 : 대책 제안

테슬라모터스–자동자의 패러다임을 바꾸다

1. 서문

2. 희망의 승리 : 전기 자동차의 짧은 역사

3. 테슬라의 비밀병기 : 일론 머스크

4. 한 자동차 제조업체의 탄생

5. 로드스터를 재디자인하다

6. 전기자동차의 성공

7. 자동차에 대한 정의를 바꾸다

8. 결론

미술과 페미니즘-굴절된 여성의 이미지

1. 페미니즘과 미술사

2. 이브와 마리아-중세의 상반된 여성이미지

3. 들릴라-중세로부터 17세기에 이르는 도상의 변천

4. 유디트 레이스텔-17세기 네덜란드 회화의 미덕과 악덕의 틈새

5. 행복한 어머니-18세기 프랑스 미술과 새로운 사상

제4장
글쓰기

1. 도입부 쓰기

인상적인 도입부는 글을 계속 읽어나가게 하는 중요한 역할을 한다.

질문을 던지거나 비유 활용, 구체적인 예를 들며 시작하거나 주제를 단도직입적으로 단언하면서 시작하거나 다양한 방식을 동원할 수 있다.

1.1 질문 던지기로 시작하기

미래의 로봇들은 여행을 하게 될까? 인공지능이 지금보다 더 발전하고, 〈블레이드 러너〉(1982)에서처럼 로봇과 인간을 구별하기 어려운 그런 세상이 왔을 때, 로봇들은 지금의 인간들처럼 당장 자기 삶의 절실한 필요와는 별 상관없는 이유로 잘 알지도 못하는 먼 곳으로 길을 떠날까? 업무 출장이라면 혹시 모르겠지만, 인간들의 여름휴가나 배낭여행 같은 것을 로봇들은 하지 않을 것 같다. 이런 여행은 피곤하고 비용이 많이 들며 때로 위험을 초래한다. 로봇의 설계자는 이런 여행이 가능하지 않도록 만들 것이고, 만약 그런 일이 벌어진다 해도 소프트웨어 이상이나 기계의 반란으로 간주할 가능성이 크다.

－ 김영하, 「여행의 이유」에서

이 글은 "미래의 로봇들은 여행을 하게 될까?"란 질문으로 시작하고 있다.

곧 인공지능이 더 발전하고, 로봇과 인간을 구별하기 어려운 세상이 왔을 때, 로봇들은 인간들처럼 여행을 떠날까? 재차 질문을 던지면서 글쓴이는 인간의 유전자에 새겨진 이동의 본능에 대한 주제를 전개한다.

1.2 비유 활용으로 시작하기

처음에 나는 이 마지막 장에서 데리다의 글쓰기에 대한 논의나 탈식민 담론에서의 글쓰기 전략에 대해 좀 더 자세히 논의할 생각이었다. 그런데 이 작업을 하면서 나는 또 한 번 고개를 저었다. 이게 아니야. 이것은 실크 블라우스야.

나는 유학중에 한국인 유학생과 결혼한 한 미국여자와 가깝게 지냈는데, 그가 한국의 시집에 다녀오더니 -70년대 초반이었다- 이렇게 말했다. "나는 이제 한국여자들이 왜 사치하는지를 알았어." 항상 소박한 차림이었던 그는 가난한 집안에 사는 자기 시누이들이 번쩍번쩍한 보석과 보드라운 실크 스카프와 실크 블라우스를 끔찍이 좋아하는 것이 이상해서 유심히 관찰을 했다고 한다.

그래서 그가 알아낸 사실은 아무리 노력하고 저축을 해도 자신이 원하는 것-예를 들어 집과 같은 것-을 얻을 희망이 없을 때, 사람은 비단옷이라도 마련하고 사치한 느낌을 받으며 위안을 삼는다는 사실이었다. 데리다의 책은 우리가 원하는 것을 주고 있는가? 아니면 우리가 괴로울 때 꺼내보는 숨겨둔 보석이나 실크블라우스일까?

- 조혜정, 「문화적 자생력 기르기」에서

이 글은 인용하고자 한 외국이론을 가리켜 다소 엉뚱하게 '실크 블라우스'라고 명명한다. 어리둥절했던 독자들은 비유 뒤에 숨은 사연을 읽고 난 뒤 그 의미를 이해하게 된다. 비유를 활용할 경우에는 말하고자 하는 내용을 이해하는 데 도움이 될 수 있도록 해야 한다. 논지에서 벗어난 비유 활용은 역효과를 가져올 수 있으므로 주의한다.

뿌리가 튼튼한 사람은 허풍이 없다. 나무는 조상 대대로 이 땅에 터를 잡고 만물을 섬기며 살아온(하늘의 소리를 들어 땅을 이롭게 하고 땅의 혈관을 열어 하늘에 숨을 불어넣는) 농사꾼 닮았다. 바다가 그 품속에 깊은 계곡과 높은 봉우리를 담고 있듯 땅도 바다만큼이나 많은 뭇 생명들을 보듬어 키우고 있는 것이다. 위로는 하늘을 받들어 온갖 날짐승과 길짐승을 길러내는 숲에는, 사람 종류보다 많은 나무들이 있어, 안으로는 물을 머금어 흙을 살찌우고, 뿌리보다 더 넓게 퍼진 벌레들이 다투지 않고 살아가는 그늘을 만들어주며, 밖으로는 비바람에 그 근육을 단련하고 눈보라에 그 뼈를 담금질하여, 퍼뜨리면서도 낳은 것을 소유하지 않고 지으면서도 지은 것을 자신의 뜻대로 만들지 않으며 자라게 하면서도 자라는 것을 지배하지 않는 화평의 마을이 있었으니 예부터 귀 밝은 사람들은 나무를 일컬어 지극한 마음이라 불러왔다. (중략)

이러한 나무들이 마을을 이룬 숲을 마음속에 그려보면 명천 선생의 소설을 따라가는 데 좋은 길잡이가 될 것이다. 선생의 소설은 사람살이에서 모든 인위적인 통념을 거부하고 관념화된 언어를 배제한다. 나무만큼이나 많이 등장하는 소설 속 갑남을녀들은 어려운 자리일수록 끝까지 지키며 항상 그 자리에 없는 듯 있었고 있는 듯 하면 보이지 않았고 부러 찾으려 들면 슬며시 존재를 감추는듯 했으나 살아 생생했고 끊임없이 움직이고 꿈틀거렸으니, 싸리나무와 으름나무를 통해서는 곧아지려면 우선 굽힐 줄 알아야 되고 굽힘이야말로 싸우지 않고 서로 상생하는 삶의 자세라는 것을 일깨우고 소태나무를 통해서는 일찍이 인생의 쓴맛을 경험해보아야 비로소 진정한 삶의 참맛을 누릴 수 있다는 평범한 진리를 담담하게 들려주며 개암나무와 고욤나무를 통해서는 하찮게 생각하여 함부로 쓰다버린 뭇 생명들의 소중함을 되돌아보게 하고 찔레나무와 화살나무를 통해서는 낮은 곳에 산다고 하여 자칫 소홀하게 대할 수밖에 없었던 촌 무지랭이들도 저마다 자기 주장이 있고 자기 줏대를 지키고 살아간다는 엄연한 사실을 머리가 아닌 몸으로 말해준다.

　　　　　　　　　　　　　　　　　　　　　　　　　　　　– 유용주, 「장산리 왕소나무」에서

이 글은 작가 이문구를 인터뷰하기 앞서 그의 특징을 소개한 글이다. 이문구의 소설집 『내 몸은 너무 오래 서 있거나 걸어왔다』의 대부분의 소설들에 나무 이름으로 제목을 붙인 것에 착안하여 이문구의 소설과 성품을 나무에 비유하면서 글을 시작하고 있다.

1.3 자기경험으로 시작하기

내가 태어나서 여섯 살 때까지 살던 집은 서울 북서쪽 변두리에 있었다. 방이 두 개뿐인 작은 집이긴 했지만, 정부의 노후 가옥 개량 정책의 일환으로 외국 원조를 받아 시멘트 벽돌로 지은 현대식 가옥이었다. 하지만 난방이 제대로 되지 않아 기온이 영하 15도에서 20도까지 내려가는 겨울이 되면 몹시 추웠다. 물론 변기도 수세식이 아니었다. 수세식 변기는 부유층에서나 쓰는 것이었으니까.

그렇지만 우리 가족은 재무부의 엘리트 공무원으로 하버드 대학에서 유학을 하는 1년 동안 받았던 장학금을 알뜰하게 모아 오신 아버지 덕분에 당시로서는 대부분의 사람들이 엄두도 내지 못하던 호사를 누릴 수 있었다. 예를 들어 우리 집에는 흑백 TV가 있었는데, 바로 그 TV 때문에 우리 집에는 이웃들이 자주 모여들었다.

– 장하준, 「나쁜 사마리아인들」에서

어린시절 가난했던 경험을 제시하면서 시작하는 이 글은 이후 급속하게 발전하는 한국사회의 사례를 들면서 신자유주의 정책에 대한 논의를 전개한다.

1.4 인물의 말로 시작하기

"당신은 모르겠지만 누군가는 그런 세상을 살고 있다구요."
요즘 인기 있는 드라마 주인공의 대사이다.
나는 모르는데 누군가는 매일 직면하고 있는 세상.
그가 말하는 '그런 세상'은 '변칙을 써서라도 부딪쳐야 되고 욕하고 돌이라도 던져야 겨우 우리 얘길 들어주는 세상'이다. '검찰과 언론이 올바른 정의를 만들어주는 세상'이 어딘가에 있을지도 모르지만 자신이 경험한 세상은 그렇지가 않다고 주인공은 나직하게 말한다. 날선 비난의 어조가 아니라 수없이 당한 자의 비애와 체념이 묻어나는 어조로. 울분은 이제 녹아버려 슬픔만 남아있는 듯한 눈빛이 마음을 흔든다.

– 한혜경, 「다른사람 다른세상」에서

이 글은 나와 다른 사람이나 다른 세상을 이해하려 하지 않는 현실을 드러내기 위해 드라마 주인공의 대사를 적절하게 인용하고 있다. 약자를 대변하는 인물의 말을 통해서 약자에 대한 공감이란 주제를 펼쳐낸다.

1.5 속담이나 격언, 명언 등을 인용하며 시작하기

> 김현은 상상력을 둘로 나누는데, 그것은 "동적 이미지를 산출하는 능력과 형태적 이미지를 산출하는 능력"이다. 그는 먼저 상상력이 개념화와는 다르다는 것을 전제로 한 뒤, 두 패턴으로 상상력이 작용하는 것은 '과거의 흔적'에 의해서라고 정의한다. 그런데 상상력이 이 두 패턴에 의해 나타날 때는 '다른 과거의 집적'에 의해 이루어진다는 것이다.
>
> – 박형준, 「박용래 시의 전원의 의미와 물의 상상력」에서

유명학자의 말이나 속담, 격언을 인용할 경우, 필자가 전개하려는 입장을 더욱 확고하게 하는 이점이 있다. 인용된 글은 출처를 확인할 수 있는 확실한 것이어야 하고 격언이나 속담은 일종의 비유이므로 논제에서 벗어나지 않는 것이어야 한다.

1.6 주제의 개념을 정의하면서 시작하기

> 회상이란, 그것이 즐거움이든 혹은 괴로움이든 사유의 일상적 영역이다. 인간에게 있어서 시간은 영원한 쇠사슬인 동시에 자유의 짓푸른 공간이다. 그리하여 시간이란 절망이며 치욕이며 희망이며 혁명이다. 그리움이며 눈물이며 비애이며 탄생과 죽음이다.
>
> – 정찬, 「완전한 영혼」에서

이 글은 죽은 한 사람을 회상하는 소설이다. 회상에 구체적으로 들어가기에 앞서 회상이란 무엇인가에 대한 글쓴이의 생각을 밝히고 있다. 서두에서 이처럼 회상의 개념에 대

해 정리하면 이어지는 회상이 어떻게 이루어질 것인가 하는 호기심이 일어나게 된다.

실에 눈멀게 한다. 이렇듯 잔인한 낙관주의가 보여주는 역설은, 욕망하는 미래를 위해 정서적인 투자를 아끼게 되고, 바로 그 희망에 대한 투자 때문에 우리의 현재는 텅 비어버리게 된다는 점이다. 더구나 미래의 꿈에 대한 기준은 '국격'에 맞게 턱없이 높아지기만 해서, 사회의 소수자들은 고통과 절망속에서 벌란트가 말한 것과 같은 '점진적인 죽음(slow death)'의 상황으로 몰리고 있다. 극단적인 경우 실제 죽음으로 이어지기도 하는데, 부모로부터 성공한 판사가 되라는 닦달을 받던 아이가 이루지 못할 꿈 때문에 스스로 목숨을 버린 사건이 그 예이다. 또한 한국인과 결혼해 코리안 드림을 이루겠다는 이주민 여성들은 자신의 문화에 대한 자부심이나 인간으로서의 존엄성을 저당 잡힌 채 그저 한국의 인정받는 시민이 되겠다는 보장받지 않은 미래에 목숨을 건다. 이는 현재 한국사회에서 어렵지 않게 볼 수 있는 잔인한 낙관주의의 여러 초상들이다.

– 이희은, 「문화적 시민권과 미디어」에서

2. 본문 쓰기

본문은 서론에서 밝힌 글의 주제를 뒷받침할 수 있는 중심내용과 세부내용으로 이루어진다. 본론의 중심내용을 서론에서 밝혔을 경우, 이론 중심으로 본론 내용을 구성해야 한다. 간혹 서론에서 제시한 문제를 본론에서 충분히 밝히지 않고 지나치는 경우가 있는데, 서론에서 제기한 문제를 일관되게 논의해야 한다.

본론의 내용을 구성할 때 먼저 중심내용을 확실하게 결정한다. 그리고 그에 따라 문단을 만들고 그 문단이 길 경우에는 다시 세부 문단으로 나누어 정리한다. 가령, '대학생활'에 대한 문단을 만든다고 할 때, '학업에 열중', '동아리 활동', '아르바이트로 경험쌓기', '여행으로 견문 넓히기', '외국어 공부' 등으로 세분하여 작은 문단들을 만드는 것이다.

본문을 쓸 때 쓰고자 했던 주제에서 벗어나지 않도록 유의하고 전체 글의 분량을 고려하여 본론의 분량을 조정한다. 또 제기된 주장을 뒷받침하는 적절한 근거를 제시하면서 글을 전개한다.

로런 벌란트(Berlant, 2011)가 개념화한 '잔인한 낙관주의'라는 말은 자신이 미래에 대해 욕망하는 것이 실제로는 자신의 현재에 대한 장애물로 작용하는 것을 의미한다. 살을 빼서 멋진 몸을 만들겠다는 욕망으로 현재의 먹는 즐거움을 앗아가는 다이어트가 그 대표적인 경우다. 한마디로 잔인한 낙관주의란 미래에 대한 근거 없는 희망으로 현재의 고통을 견뎌내는 것이라 할 수 있다. 벌란트는 잔인한 낙관주의가 사실상 개인들을 서서히 죽음으로 몰아넣고 있다고 비판하면서, 극히 개인적인 선택처럼 보이는 이러한 고통도 실은 이 사회가 규정한 틀에 따라 생겨난 정치적인 문제임을 주장한다.

한국사회의 경우에도 대통령의 연설에서부터 대학의 교육 정책에 이르기까지, 이른바 '3포 세대'에서부터 '하우스 푸어(house poor)'에 이르기까지, 이러한 잔인한 낙관주의의 징후들을 어디서나 찾아볼 수 있다. 정치적 미래에 대한 근거 없는 낙관은 현재의 운동과 저항을 무력하게 만들며, 불안한 20대에게 꿈을 가지라고 독려하는 유명인 멘토의 다독임은 현실에 눈멀게 한다. 이렇듯 잔인한 낙관주의가 보여주는 역설은, 욕망하는 미래를 위해 정서적인 투자를 아끼게 되고, 바로 그 희망에 대한 투자 때문에 우리의 현재는 텅 비어버리게 된다는 점이다. 더구나 미래의 꿈에 대한 기준은 '국격'에 맞게 턱없이 높아지기만 해서, 사회의 소수자들은 고통과 절망속에서 벌란트가 말한 것과 같은 '점진적인 죽음(slow death)'의 상황으로 몰리고 있다. 극단적인 경우 실제 죽음으로 이어지기도 하는데, 부모로부터 성공한 판사가 되라는 닦달을 받던 아이가 이루지 못할 꿈 때문에 스스로 목숨을 버린 사건이 그 예이다. 또한 한국인과 결혼해 코리안 드림을 이루겠다는 이주민 여성들은 자신의 문화에 대한 자부심이나 인간으로서의 존엄성을 저당 잡힌 채 그저 한국의 인정받는 시민이 되겠다는 보장받지 않은 미래에 목숨을 건다. 이는 현재 한국사회에서 어렵지 않게 볼 수 있는 잔인한 낙관주의의 여러 초상들이다.

— 이희은, 「문화적 시민권과 미디어」에서

이 글은 '잔인한 낙관주의'라는 개념을 제시한 뒤 그 사례를 열거하면서 '잔인한 낙관주의'가 어떤 결과를 낳고 있는지 설명하고 있다. 만일 적절한 사례를 들지 않는다면 제기된 주장은 설득력을 잃게 된다. 즉 본론에서 주장하는 내용은 적절한 근거를 제시해서 논의를 전개해야 한다.

3. 결론 쓰기

결론은 보통 본론에서 논의된 내용을 요약하고 서론에서 제기한 문제를 다시 밝히면서 그에 대한 종합적인 견해를 밝힌다. 본론의 내용을 요약 정리하는 경우, 앞으로의 과제나 대안을 제시하면서 끝맺는 경우, 본론에서 논의한 것을 토대로 총체적으로 자신의 입장을 밝히는 경우들로 나누어 볼 수 있다.

3.1 본론의 내용을 요약 정리하는 경우

이상문학은 흔히 분열된 자의식, 병리학적 일탈, 폐쇄적 내면의식 등을 전제로 한 부정의식으로 설명되어 있다. 본 논문에서는 그러한 작가 의식이 어떤 장치를 통해 구조화되어 있는지를 특히 공간적 상황에 주목하여 살펴 보았다. 분명한 사건이나 이야기를 갖고 있지 않은 그의 소설에서 공간적 상황이나 이동은 그 자체로 하나의 서사구조를 형성하고 있기 때문이다. 그 구체적 양상이나 장치에 대한 논의는 크게 수평적 층위와 수직적 층위에서 이루어졌으며, 사실상 수평적 층위에서의 움직임은 그대로 수직적 층위에서의 그것과 대응된다.

－ 황도경, 「이상의 소설공간」에서

이 글은 이상의 소설에 나타난 공간에 대해 분석한 것으로 결론에서 논의한 내용을 요약하면서 글을 맺고 있다. 실험 결과나 조사 보고서와 같이 결과 보고가 주목적인 글에서 많이 활용한다.

3.2 앞으로의 기대나 대안을 제시하면서 끝내는 경우

여성시에서 '여성'을 읽어내려는 접근은 그 출발에서부터 난항에 부딪칠 수밖에 없다. 어떤 주장도, 그 주장을 둘러싼 단단한 고정 관념과 남성 담론에 대한 대응에 지나지 않는다는 반박 등 갖가지 복병의 출현에 의해 위협받기 때문이다. 따라서 어떤 함정을 피하려고 다른 곳으로 논의의 발을 내딛는 순간, 이미 그것은 다른 진창에 발을 디딘 형국이 된다. 남성시와의 동등함이나 공통점을 밝혀내는 것은 결국 그들에 대한 섣부른 선망의 반증으로 읽힐 위험이 있기 때문에, 그리고 여성만의 독특한 특질과 고유성을 주장하는 것은 과연 '여성성과 여성다움이라는 지뢰밭'을 무사히 건너 여성 비평이 궁극적으로 지향하는 담론을 설득력 있게 형성할 가치를 갖는가 자문하게 하기 때문에, 여성시의 이해와 해독에 대한 좌표를 설정하기가 쉽지 않은 것이다. 육체의 시학이라는 주제로 더듬어본 이 글 역시 이 위험과 함정과 반박을 상정하고 있다. 그럼에도 불구하고 부재로부터 현존에 이르기 위해 갈구하는 여성 육체의 언어, 욕망의 언어로 짜여진 시와 함께 읽히기를 기대한다.

이제, 이 시들을 걸어나가야 하는 일이 남아 있다.

– 이은정, 「육체, 그 불화와 화해의 시학」에서

현재 시점에서 환경 악화를 낳는 자본주의 구조까지 극복한 정보사회에서의 환경친화적 생활양식을 구체적으로 전망한다는 것은 지나친 욕심이라고 할 수 있다. 그것은 환경운동의 주체, 정치세력화의 방안, 제3세계의 문제 등 환경사회학 내부의 복잡한 숙제들을 명확히 해결해야만 얻을 수 있는 결론일 것이다. 하지만 그러한 전망을 위한 기본틀로서 여기서는 급진적 인간주의의 기술적 낙관론과는 전혀 다른 맥락에서 인간노동을 중심으로 한 '자연의 생산'이라는 개념을 검토하고 환경정의에 바탕을 둔 생태사회주의의 대안을 제시하고자 한다.

– 한상진, 「정보사회에서의 환경친화적 생활양식의 전망」에서

첫 번째 예문은 육체의 시학이라는 주제로 여성시인들의 시를 분석한 글이다. 여성시에서 '여성'을 읽어내려는 접근이 여성육체의 언어, 욕망의 언어로 짜여진 시와 함께 읽히기를 기대하며 글을 맺고 있다.

두 번째 예문은 현재 시점에서 정보사회에서의 환경친화적 생활양식을 구체적으로 전망하기는 어렵지만 대안을 제시하겠다고 하면서 글을 맺는다. 이 글의 경우는 제목도 '전망'이므로 결론에서 전망에 대한 다양한 언급이 이루어지고 있다.

3.3 본론의 논의를 총체적으로 정리하는 경우

> 부모와 공감대를 형성할 수 있는 교수요원의 자질도 중요하다. 부모교육은 다른 교육과는 달리 자녀를 가진 성인을 위한 교육이며, 이들 중에는 고등교육을 받은 사람도 상당 비율을 차지하고 있기 때문에 이들의 교육을 담당하는 당사자는 이 방면에 충분히 준비가 되어 있어야 한다. 이를 위해 각 대학의 교수요원을 활용하거나 각 대학에서 부모교육관련 전공분야의 석사과정 이수자에게 부모교육에 관한 후속교육을 통해서 이수증이나 자격증을 주고 요원으로 활용하는 방법도 있다. 또한 교수 경력을 가진 석사학위 이상의 자격을 가진 부모들을 훈련시켜 요원으로 활용하는 방법도 생각해볼 수 있다.
>
> 앞서 언급한 예비부모교육의 목적이나 필요성에 비추어볼 때, 예비부모교육은 한 인간으로서 부모 자신의 성장을 돕고 나아가 부모–자녀관계를 향상시킴으로써 우리 사회가 감당해야 할 여러 가지 문제를 사전에 차단할 수 있는 가장 효율적인 방법이라고 볼 수 있다. 이러한 예비부모교육이 소기의 목적을 달성하기 위해서는 부모역할에 대한 분명한 방향정립과 아울러 부모교육의 대상을 확대해나가고, 내용을 세분화하고, 운영방식을 다각도로 모색하려는 노력이 필요할 것이다.
>
> – 정옥분·정순화, 「예비부모교육」에서

이 글은 예비부모교육이 우리 사회가 감당해야 할 여러 문제를 사전에 차단할 수 있는 가장 효율적인 방법임을 논하는 글이다. 예비부모교육의 목적, 필요성을 설명하고 예비부모교육이 성공적으로 이뤄지기 위한 방안을 정리한 뒤, 예비부모교육의 목적을 달성하기 위한 다각도의 노력이 필요함을 역설하며 글을 맺고 있다.

제5장
글다듬기

글을 다 쓴 다음에는 아무리 짧은 글이라도 다시 읽어보고 다듬는 과정이 필요하다.

글다듬기는 빠뜨린 것이 없나 확인하고 필요 없는 말은 줄이고 틀린 말이나 정확하지 않은 말을 고치고 보다 적절한 표현이 있다면 바꾸고 하는 과정이다.

명문이라고 일컬어지는 글들도 처음부터 쉽게 쓴 것이 아니다. 동서고금의 위대한 문호들은 모두 글 한 편을 쓰는 데 엄청난 노력을 한다고 한다. 처음에 엉성한 글도 자꾸 다듬으면 좋은 글이 될 수 있다.

글다듬기는 글자가 틀린 것에서부터 문장, 맥락과 문단, 논의의 방향 등 세세한 부분에서 전체적인 맥락과 구성까지 꼼꼼히 살펴봐야 한다.

과제 3

학과

학번

이름

제출일   20 .   .   .

'대학교육'이란 쓸거리에 대해 각자 쓰고자 하는 주제를 정리해 봅시다.

먼저 주제를 정하고 그에 따른 주제문을 작성한 뒤 서론과 본론과 결론으로 글짜기를 해 보고 각 내용을 요약해 봅시다.

절

취

선

실용적 글쓰기

제1장
자기소개서 쓰기

1. 자기소개서란?

자기소개서란 대학을 졸업한 후 기업에 취직하거나 대학원에 진학하고자 할 때 요구하는 지원서 양식 중 하나이다. 입사나 진학을 목적으로 자신을 소개하는 글이므로 기본적으로 자신에 대한 정보를 제공하는 글이다.

지원자를 이해할 수 있는 구체적인 자료로서 면접시 참고하고 활용하는 자료이다. 이력서가 개인을 개괄적으로 이해할 수 있는 자료라면, 자기소개서는 한 개인을 보다 깊이 이해할 수 있는 자료이다.

자기소개서에서 보여주어야 할 능력은 의사소통능력, 대인관계능력, 리더십능력, 논리적 사고능력, 문제해결능력이다.

자기소개서의 내용은 성장환경, 학교생활, 성격의 장단점, 교내외 활동 및 연수경험, 인생관 및 직업관, 지원동기 및 포부, 응시직종과 관련된 특기 등으로, 가장 중요하다고 생각하는 항목을 앞부분에 배치한다.

인사담당자가 자기소개서를 통해 파악하고자 하는 것은 다음과 같다.

1) 성격과 가치관 : 가정환경, 성장과정을 통해 파악한다.

2) 대인관계와 책임감 : 학교생활 동아리활동 등을 통해 파악한다

3) 지원자의 장래성과 포부 : 입사지원동기, 입사후의 포부를 통해 파악한다.

4) 문장력과 의사전달능력 : 글 전체 흐름을 통해 파악한다

인사담당자들이 주목하는 항목은 성격과 전공, 전공 외에 관심을 두고 있는 것은 무엇인가, 업무에 잘 적응할 수 있겠는가, 조직과 융화될 수 있는 사람인가, 사물을 긍정적으로 바라보는가, 비전이 있는가, 소신과 주관이 있는가에 대한 부분이다.

2. 자기소개서 작성의 일반 원칙

1) 다른 지원자와 구별되는 자신만의 개성을 구체적으로 표현하는 것이 중요하다.

2) 지원하려는 직장에 대한 정보를 충분히 습득하고 입사 후 포부를 구체적으로 서술한다.

3) 지원동기의 설득력을 얻기 위한 근거로서 인과적 필연성과 논리적 일관성을 유지한다.

4) 일대기 형식으로 쓰는 것은 피한다.

5) 각 항목의 요점이 세 가지를 넘지 않도록 한다

6) 최대한 구체적으로 기술한다

7) 서브 타이틀(소제목)을 붙여 제목 만으로 지원자를 파악할 수 있도록 한다. 제목은 가능한 짧은 것이 좋으며 하나의 이미지로 통일하는 것도 한 방법이다. 지나치게

수필적인 표현이나 너무 유명한 말이나 속담은 피하는 것이 좋다.

3. 자기소개서 작성 방법

1) 시간적 여유를 갖고 내용을 충실하게 쓴다

서류 제출 시간에 임박해서 쓴다면 결코 좋은 자기소개서를 쓸 수 없다.

시간나는 대로 틈틈이 써 두는 것이 중요하며, 시간적 여유를 갖고 초고를 작성해 여러 번 수정·보완 과정을 거친 후 완성하고, 독창적인 진실성이 드러나도록 쓰는 것이 중요하다. 다 쓴 다음에는 자신의 생각이 충분히 드러났는지, 중복된 내용은 없는지 되풀이하여 읽고 수정해야 한다.

2) 자신의 개성이 드러나도록 쓴다

자신의 특성을 소개하는 글인 만큼 자신의 개성이 배어 있는 글을 쓰는 것이 중요하다. 긍정적이고 밝은 내용을 통해 적극적으로 자신을 홍보하되, 과장 없이 진솔하게 작성한다. 자신의 장·단점을 솔직하게 드러내면 오히려 상대방에게 호감을 줄 수 있다. 그렇다고 치명적인 결점을 밝힐 필요는 없다. 결점을 개선하고자 노력하여 상당부분 긍정적으로 개선된 사항이라면 밝혀도 좋다.

3) 간결하고 정확하게 쓴다

자신을 정확하게 평가하여 논리적 일관성을 유지하고, 간결한 문체의 단문을 사용하는 것이 좋다. 지나친 수사법을 사용한 현학적 표현이나 추상적 표현은 역효과가 날 수 있다. 문장이 길어지면 초점이 흐려지고 산만해 보인다. 이때 정확한 어휘의 선택은 글의 신뢰성을 높인다.

4) 객관적이고 구체적으로 쓴다

막연하게 연대기 순으로 사실을 나열할 것이라면 구태여 자기소개서를 쓸 필요가 없다. 현재의 자신을 설명할 수 있는 구체적인 일화, 사례를 중심으로 하여 자신을 객관적으로 평가받을 수 있도록 기술하는 것이 좋다. 지나치게 주관적이고 배타적인 표현은 삼가고, 포용적이고 긍정적인 면을 부각시킨다. 일화를 중심으로 내용을 구성하면 읽는 사람이 이해하기 쉽다.

5) 지원 분야, 업무와 관련된 내용을 중요도 순으로 쓴다

지원 분야 업무의 특성에 맞는 내용 위주로 써야 한다. 자기소개서는 지원분야에서 필요로 하는 자질과 능력이 있는 인재인가를 확인하는 절차이다. 각 기업체에서 요구하는 인재상은 조금씩 다르다. 이때 가장 적합한 인재에 대한 정보는 객관적인 사실만으로도 충분치 않다. 그래서 개인에게 자신을 소개할 수 있는 기회를 제공하는 것이다. 자기소개를 한다고 할 때 무엇을 알릴 것인가 다시 한 번 고민해 보라.

4. 자기소개서 작성시 유의사항

1) 논리적인 문맥 연결에 신경 쓴다

자기소개서는 인사 담당자를 설득하는 글이다. 전체 글의 흐름이 논리적인 일관성을 갖추지 않고서는 타인의 공감을 얻어 내기 힘들다. 앞문장과 뒷문장, 앞문단과 뒷문단, 부분과 전체의 내용 연결이 논리적이며 일관성을 갖고 있어야 한다. 또한 어조나 문체,

호칭 등의 경우에도 일관성이 있어야 한다. '~합니다'와 '한다', '내가'와 '제가', '그랬습니다'와 '그랬다' 등 일관성이 없는 표현들을 동시에 사용하지 않도록 한다.

2) 맞춤법에 신경을 쓴다

맞춤법이 틀린 글은 지원자의 실력과 치밀성을 의심하게 만든다. 띄어쓰기를 잘못 사용하면 읽기가 힘들어지고, 이는 인사담당자를 짜증나게 할 것이다. 또한 오타가 있어서는 안 된다는 것은 두말할 필요도 없을 것이다.

3) 인터넷 용어를 사용하지 않도록 한다

인터넷상에서 사용하는 언어 중 어법에 맞지 않거나 언어 예절에 어긋나는 말들이 많다. 젊은 세대들은 이모티콘을 포함하여 이런 용어들을 자기도 모르게 자기소개서에 쓰는 경향이 있다. 읽는 사람은 그런 용어들이 자기소개서에 어울리지 않으며, 어법에도 맞지 않는다고 생각한다. 그리고 입사 결정에서 주요한 역할을 하는 자기소개서를 지원자가 매우 경박하게 취급하고 있다는 느낌을 받는다. 자기소개서는 친구와 장난을 하기 위해서 쓰는 문서가 아니다. 지원자는 취업과 관련하여 진지한 자세를 보여 주어야 한다.

4) 글의 요구 분량을 잘 지켜서 쓴다

대개 자기소개서는 항목마다 분량의 제한이 있다. 지원자에 관한 모든 이야기를 다 들어 볼 수는 없기 때문이다. 그래서 한정된 지면에 요령 있게 자신의 능력과 경력을 부각시키는 것이 중요하다. 자기를 좀 더 자세하게 드러낼 목적으로 요구 분량을 초과하는 지원자가 있는데, 그런 지원자는 열정을 인정받기보다는 오히려 요구 사항조차 파악하지 못한다는 인상을 주기 쉽다.

5) 회사에 따라 내용을 다르게 작성한다

지망하는 회사의 성격이나 업무 내용에 따라 자기소개서를 달리 쓰는 융통성과 정성이 필요하다. 어떤 지원자는 똑같은 자기소개서를 여러 회사에 보내는 경우가 있는데 이러한 경우 상황과 어울리지 않는 부적절하고 어색한 내용을 담고 있을 경우가 많다. 심지어 W은행에 지원하면서 K은행을 위해 일하고 싶다고 쓴 경우도 있으니, 이러한 실수를 하지 않도록 꼼꼼하게 확인해야 한다.

6) 아르바이트나 인턴 경력은 구체적으로 기술한다

요즘은 경력이 있는 신입사원을 선호하는 추세이다. 그래서 인턴이나 아르바이트를 통한 사회 경험이나 사회봉사 활동 경험을 쌓는 것이 신입 사원 채용 시에도 유리하다. 지원하는 직무 분야와 관련이 있는 경우 이력서의 경력란에 기재한 후, 자기소개서에서 구체적인 내용을 적는다. 해당 경험이 어떻게 해당 업무와 관련이 있는지를 제시할 수 있다면 더욱 좋을 것이다.

7) 자기PR을 적극적으로 하되 지나치게 과장하지 않는다

적극적으로 자기의 능력을 소개하다 보면 자칫 과장된 인상을 줄 수 있다. 나아가 건방지다는 느낌까지 줄 수 있다. 적극성과 오만함은 구별되어야 한다. 예를 들어 다음과 같은 자기 PR은 읽는 사람에게 반감을 준다. "저는 지금은 부족하지만, 3년 정도 지나면 업계의 최고 인재가 되어 있을 것입니다. 귀사가 저에게 기회를 주지 않는다면 틀림없이 후회하게 될 것입니다."라는 식으로 쓰면, 회사는 나중에 후회하게 되더라도 그런 지원자를 뽑지 않는다. 그런 사람은 조직의 인화에 문제를 일으킬 소지가 다분하기 때문이다. 신입 사원 채용 시 능력뿐 아니라 인성을 중시하는 경향이 있다는 점도 고려해야 한다.

8) 인사 담당자의 눈으로 자기소개서를 검토한다

자기소개서를 읽는 분들은 인생 경험이 많은 분들이다. 그분들의 시각으로 자기소개서를 읽고 평가해야 한다. 자신의 주장을 펼 때는 그것이 합리적이고 보편적인 내용인지 냉정하게 살필 필요가 있다. 작성한 후에 주위의 동료나 선배들, 선생님들께 자기가 쓴 자기소개서를 보이고 충고를 받는 과정을 거치면, 자기의 주관적인 편견이나 선입견을 교정할 수 있다.

9) 판에 박힌 서술에서 벗어나야 한다

인사담당자는 무수한 자기소개서를 읽는다. "화목한 가정에서 0남 0녀 가운데 0남(0녀)로 태어나 유복하게 자랐다."로 시작되는 자기소개서는 식상한 느낌을 준다. "때는 바야흐로 꽃이 개화를 준비하는 계절, 대학문을 들어서는 저의 심장은 고동치고 있었습니다."와 같은 문장은 상투적이다. 남들이 흔하게 사용하는 언어, 유행처럼 어디서나 들어서 식상한 표현들은 되도록 피한다. 판에 박힌 문장으로 이루어진 자기소개서를 볼 경우, 인사 담당자는 한눈에 구식이라고 생각하고 말 것이다.

10) 충분한 시간을 두고 작성한다

자기소개서는 충분한 시간을 갖고 준비한 후에 작성한다. 급조한 자기소개서는 인사 담당자가 금방 알아본다. 정성을 들이지 않은 자기소개서는 표현, 어투, 논리적 일관성, 내용의 충실성에서 부족함을 드러내기 마련이다.

5. 성공적인 자기소개서의 유형

1) 자신만의 삶에 의미를 부여하라

자기가 성장한 고장에 대한 이해와 장점을 살려서 다른 사람과 똑같은 곳에 살았어도 나에게 특별한 의미를 가진 곳임을 밝혀서 기술하라. 잘 사는 동네냐, 도시냐, 지방이냐는 중요하지 않다. 그곳에서 어떻게 성장하고 지금의 나에게 어떤 영향을 끼쳤는지 적어 보자. 가족관계 중 대가족이 함께 산다든지, 혼자 일찍부터 가족과 떨어져 살았다든지 하는 특별한 점이 있다면 좋은 소재가 될 수 있다.

2) 전공과 관련된 자신의 철학을 밝혀라

언제부터 전공 분야에 관심을 가지게 되었고, 왜 선택하게 되었는지 과정을 생각해 보고 지원하려는 분야의 특성에 맞게 논의를 펼쳐 보자. 자신만의 철학이 있다면 그것을 밝히는 것도 좋다. 다만 감정적으로 접근하지 않도록 주의한다.

3) 경력을 구체적으로 소개하라

객관적으로 증명할 수 있는 사실을 중점적으로 써라. 경력사항이 아무리 거창해도 지원 분야와 동떨어진 내용이라면 과감히 빼야 한다. 이것저것 다 해보았다는 식의 경력은 아직도 자신만의 분야가 없는 것으로 보일 수 있다. 경력사항 중 앞으로 할 일과 긴밀한 관련이 있는 경력 중심으로 써야 한다.

4) 지원 동기와 포부를 밝혀라

인사담당자가 가장 궁금하고, 꼼꼼하게 확인하고자 하는 부분이 지원 동기와 포부일 것이다. 왜냐하면 지원자가 당장의 합격을 목표로 하고 있는지 지속적인 성장과 발전이 가능한지 확인할 수 있기 때문이다. 당장 들어와서 업무를 잘 해결하는 것도 중요하지만 짧게 경력을 쌓고 다른 곳으로 이직하는 것을 원하지 않기 때문에 장기적으로 함께 근무할 것인지에 대한 판단은 중요한 사항이다.

5) 지원 대상에 대한 애정을 확인시키라

자신이 지원하기 전부터 관심을 가지고 있었고, 잘 알고 있다는 것을 강조하라. 지원 회사의 기업정신, 대외적인 업적, 지도자에 관한 자료 등을 활용해서 자신의 애정을 밝힐 수 있어야 한다. 이는 단순히 무조건 좋다고 하는 것이 아니라, 자신의 이상과 얼마나 잘 맞아 떨어지고 좋은 동반자가 될 수 있는지 알린다.

6) 각 항목에 알맞은 제목을 붙이자

각 항목에 담아야 할 내용이 비슷하다면, 제목으로 승부를 걸어 보자. 단순히 '성장과 정'을 이야기하는 것과 자기 삶을 의미화하여 함축적인 제목을 붙여 글의 핵심을 살리는 것은 차이가 날 수밖에 없다.

7) 동영상을 활용하라

최근 들어 자기소개서를 제출하는 방법이 다양화되고 있는데, 그 중 가장 대표적인 것이 동영상 UCC 제작이다. 인터넷 기업, 통신사와 같이 매체 활용이 주 업무인 기업체의 경우 인턴사원의 자기소개서를 동영상 UCC를 접수받아 선발에 활용한다. 직원의 열정과 창의성을 중시하는 기업에서는 지원자의 끼와 열정, 창의성을 동시에 확인할 수 있는 자기소개 동영상 UCC를 요청하고 있다.

6. 실패한 자기소개서의 유형

1) 누구나 똑같은 앵무새형

"저는 서울 ○○동에서 2000년 4월에 1남 1녀의 막내로 태어났습니다. 공무원이셨던 아버님은 엄격함과 자상함으로, 어머니는 다정하시고 친구처럼 저희 형제들을 이끌어 주셨으며 ……"처럼 자기소개서 사례에서 옮겨 놓은 것 같은 글은 시선을 사로잡을 수 없다.

2) 무조건 잘 할 수 있다는 머슴형

"비록 제가 능력은 부족하지만 만약 저에게 일할 수 있는 기회를 주신다면, 이것을 저의 숙명이라 여기고 어떠한 일이라도 최선을 다하겠습니다."로 시작하는 머슴형 소개서는 자신의 능력이 드러나지 않을 수 있다.

물론 조직의 명령을 존중하고 성실함을 강조하는 것은 중요한 덕목이지만 요즘에는 조직에 대한 단순한 헌신보다는 비판적·창조적 인재가 인정받는다는 사실을 알아야 한다.

3) 경력을 나열하는 쇼윈도형

"…… 대학에서 경험했던 과외활동으로 벤처창업 동아리, 여행 동아리, 영어회화반 및 경영학과 학회 활동 등이 있으며, 다양한 동아리 활동을 통해서 얻은 지식과 경험은 지금도 대학시절의 가장 큰 추억으로 남아 있습니다. ……"라는 식으로 서술하고 이 중에 하나쯤은 상대방의 눈에 띄는 경력이 되겠지 하는 생각을 가질 수도 있다.

하지만 자기소개서는 선택과 집중을 요구하는 글쓰기 방법이다. 내가 지원하는 분야와 경력이 긴밀하게 맞아떨어지는 것을 중심으로 서술해야 한다. 꼭 필요한 내용을 담고 불필요한 부분은 과감하게 삭제하는 것이 효과적이다.

4) 연대기적 보고형

"2016년도 ○○고등학교를 졸업하고 동년 ○○대학교 영문과에 입학하였습니다. 재학 중 2017년부터 2019년까지 강원도 양구에서 군복무를 수행하였으며....."와 같은 식의 연대기적 서술은 수백·수천의 소개서 가운데 눈에 띄지도 않는다. 자기가 왜 그 직업에 적임자인지를 설득할 수 있는 힘과 상대방을 집중시킬 수 있는 흡인력이 있어야 한다.

5) 마무리가 허술한 부주의형

사소한 오·탈자나 누구든지 쉽게 알 수 있을 만한 숫자의 오류, 마감시간을 넘긴 서류제출 등, 사소한 실수로 인하여 서류 전형에서 탈락할 수 있다. 종이 한장 아끼려다가 지저분한 인상을 남길 수 있다. 지금 작성하고 있는 자기소개서는 공식적인 문서라는 사실을 잊지 말자.

7. 자기소개서의 실제

일반적으로 회사에서 요구하는 양식은 성장과정, 성격의 장단점, 학창시절과 경력, 지원동기와 입사 후 계획 등이다.

1) 성장과정

- 일반적이고 추상적인 연대기형식의 내용보다는 일화 중심의 구체적인 내용을 쓰는 것이 효과적이다. : 자신의 학력이나 경력을 나열하지 말고 자신이 지원하는 회사의 업무와 연관시켜 자신의 성장과정을 서술해야 한다.
- 자신의 뚜렷한 개성이나 강한 의지를 나타낼 수 있는 내용을 언급한다. 남들이 관심을

기울이지 않는 새로운 분야에 대한 흥미나 관심, 그것을 선택한 결단에 대해 언급한다.

> 어렸을 때는 누구나 악동이었겠지만 저는 유독 부모님들께 혼난 경우가 많았습니다. 멀쩡한 컴퓨터를 뜯어놓았기 때문입니다. 처음에는 해체시키기만 하고 다시 조립하지 못해 울기 일쑤였지만, 언제부터인가 다시 재조립까지 할 수 있게 되었습니다. 그것을 보시던 아버지는 웃으시면서 결국 해냈다고 제 등을 두드려 주셨습니다. 이처럼 어려서부터 기계를 만지고 조립하는 일은 제 삶 자체였습니다

2) 성격의 장단점

- 성격의 장점과 단점을 모두 기술한다. 단점으로부터 시작해서 장점으로 끝낸다. 즉 단점을 언급하고 단점이 갖는 다른 부분을 언급하고 장점으로 평가할 수 있는 부분과 연결한다.
- 장점은 반드시 회사 업무와 연결시킨다. 자신의 장점이 회사에 어떤 도움을 줄 수 있는지 서술한다.
- 자신의 단점을 단순히 나열하는 것은 피한다. 개선을 위한 노력과 의지를 보여준다. 예를 들어, 나의 단점은 무엇인가? 왜 그것이 단점이라 생각하는가? 그 단점을 개선하기 위해 어떤 노력을 해 왔고, 하고 있는가?
- 장점과 단점을 쓸 때는 두 항목이 서로 모순되지 않도록 주의한다.

> 저는 주변 사람들로부터 조용하다는 평을 많이 듣습니다. 이러한 성격이 영업부서에 맞지 않는다고 볼 수도 있습니다. 그러나 저는 급하게 친해지기보다는 시간을 두고 신뢰를 쌓아가는 인간관계야말로 영업부서에 더 필요한 성격이라고 생각합니다. 조용하지만 상대가 거부감을 느끼지 않도록 하는 친근감, 고객을 절대로 놓치지 않는 끈기와 인내가 제 성격의 '조용함'이 가지고 있는 경쟁력입니다. 냄비보다 뚝배기가 되고자 노력하고 있습니다.

3) 학창시절과 경력사항

- 단순한 사건 나열은 감점의 요인이다.

- 이력서에 담을 수 없는 경력을 쓴다

- 입사하고자 하는 회사에 가장 적합한 사항을 연결하여 집중적으로 적는 것이 효과
적이다. 한두 가지를 자세하게 쓴다.

- 회사의 사훈이나 자신이 지원할 부서와 연결해서 서술한다.

- 봉사활동이나 동아리활동 내용을 강조한다. 단 그 내용이 전체 내용과 일치해야
한다.

- 지망하는 기업이나 기관과 관련된 과목 성적이 우수하다면 이를 피력해야 한다.

- 관련 대회나 공모전에 도전한 내용도 함께 작성한다. 학업성취가 높지 않은 경우는
관심있는 분야에 대한 고민으로 대체한다. 공모전에서 입상하지 못한 경우는 실패
요인과 거기서 배운 교훈 등을 제시해도 좋다.

학창시절 저는 서예 동아리에서 활동했습니다. 영업부서를 지원한 저에게 서예 활동은 아주 중요합니다. 고객들을 관리하고, 또한 지치지 않고 고객들을 다시 찾을 수 있는 힘은 서예라는 제 취미에서 나오기 때문입니다. 서예는 지친 제 심신을 다독이고, 인내심을 한층 배양시킵니다. 더불어 그 힘은 다시 고객들을 찾을 수 있도록 하는 원동력이 된다고 생각합니다.

저는 대학로의 작은 바의 매니저로 활동을 하고 있습니다. 그로 인해 다양한 방면의 공부를 할 수 있었습니다. 음악 관리, 매상 관리, 직원 간의 융화, 음식 프로그램 등을 몸에 익히게 되었습니다. 이러한 사회경험은 건축이라는 장르의 체계적이고 전문적인 분야에도 유용한 밑바탕이 되리라 생각합니다.

> 학교졸업 후 편집디자인 경력을 약 2년 동안 쌓았습니다. 편집디자인의 특성상 많은 것을 접해볼 수 있었습니다. 잡지, 명함, 카탈로그, 팜플렛, 로고 작업, 홈페이지 관리 등 많은 일을 해 보며 경험을 쌓고 배워 왔습니다.
>
> 지나오면서 느낀 것은 배움에는 끝이 없고, 현재 어떤 일을 하며 어떤 자리에 있는 것이 중요한 것이 아니라, 앞으로 무엇을 어떻게 하는 것에 대한 구체적인 계획과 준비가 중요하다는 사실입니다.

4) 지원동기 및 입사 후 계획

- 막연한 일반론이 아니라 뚜렷한 지원동기를 밝힌다.

- 해당기업과 직접 연관이 있는 내용으로 작성한다. 좋은 점이나 특성을 구체적으로 진술한다.

- 팜플릿이나 홈페이지를 보는 것은 지나치게 일반적임을 유의한다. 회사에서 하지 않은 일, 약점으로 가지고 있는 부분이 있다면, 자신이 채워 넣을 수 있음을 강조한다. 회사의 미래를 어떻게 만들어갈 것인지 각오를 강조한다.

- 사보를 연구한다. 사보는 회사의 당면과제와 분위기, 문제점들을 스스로 제기하고 해결하며 알리는 매체(잡지)이다. 회사가 처한 문제점과 해결노력 등의 흐름을 파악할 수 있다. 사보 연구를 통해 회사가 어떤 자구책을 실행 중인지 파악하고 그런 부분에서 자신이 어떻게 동력이 될 것인지 어필해야 한다.

> 그 동안 인턴십을 하면서 현장에서 느끼고 익힌 경험을 바탕으로 귀사의 영업맨으로 거듭나고 싶습니다. 귀사는 사훈이 없습니다. 그것이 저에게는 크게 와 닿았습니다. 미래가 결정되어 있거나 규정되어 있는 것이 아니라 늘 열린 기업이라는 귀사의 정신이 저를 귀사로 지원하도록 이끌었습니다. 새로운 산을 향해 늘 도전하고자 하는 저의 생활 신조와 귀사의 정신은 완전히 일치합니다. 회사와 직원이 같은 목표의식을 갖고 일할 때, 개인도 회사도 더 높이 더 멀리, 더 힘차게 나아갈 수 있으리라 믿습니다.

1. 들어가는 말	"머리는 차갑게, 가슴은 뜨겁게" 자신의 일에는 완벽을 추구하면서 최선을 다하는 냉철함이 있고, 다른 사람을 배려할 줄 아는 정성스러운 마음도 있습니다.
2. 성장과정	"스포츠에만 팀플레이가 있는 것은 아닙니다." 말없이 가족을 보살펴 주시는 아버지, 공과 사를 확실히 구분하시고 이를 실천하시는 아버지는 회사에서 일하실 때는 한없이 일에 몰두하시지만 퇴근 후 술 한 잔 같이 할 수 있는 친구 같은 분이십니다. 강한 카리스마로 집안일을 지휘하시는 어머니, 모든 분야에 적극적으로 참여하시는 어머니의 모습은 저의 이상형입니다. 두 살 차이지만 어른스러운 여동생은 저에게 항상 에너지를 충전시켜주는 충전기 역할을 합니다. 이렇듯 네 명의 저희 가족은 서로의 부족한 점을 메워주며 훌륭한 팀워크를 이루고 있습니다. 경쟁이 심한 사회에서 삶의 여유를 가족에서 찾을 수 있는 저는 어떤 역경이 닥쳐도 극복할 수 있다고 생각합니다. "변화는 나의 힘" 대학시절은 저의 인생의 가장 큰 전환점이었습니다. 적성에 맞지 않아 고민하던 나날들을 과감히 떨쳐 버리고 제가 진정으로 원하는 학문의 길을 택했을 때의 행복은 아직도 생생합니다. 특히 어학에 무척 관심이 많은 저는 영어뿐만이 아니라 일본어와 중국어를 동시에 공부하기도 하였습니다. 한국이라는 틀을 벗어나 다른 세계와의 접촉을 시도했을 때의 짜릿함은 지금 이 말도 다른 세계의 언어로 바꿔보고자 하는 저의 혀끝에 묻어나고 있습니다.
3. 장·단점 및 특기	"어제보다 나은 오늘을 위해" 적극적인 성격과 의욕이 넘치다 보니 때론 그것이 단점으로 비춰질 때가 있고, 꼼꼼한 성격 탓에 일을 처리하는 시간이 조금 떨어질 수도 있지만 완성도는 만족스러운 결과물을 낳습니다. 저의 세계관은 성실, 꼼꼼함, 계획성으로 설명될 수 있습니다. 성실은 주어진 책무에 최선을 다하는 것, 꼼꼼함은 매사에 빈틈없이 가능한 완벽을 추구하는 것, 계획성은 미리 준비하고 계획하는 것을 좋아하는 것입니다. 어제보다 나은 오늘을 위해 노력하는 현재 진행형입니다. "Power of One" 방학 때마다 통장의 잔고를 확인합니다. 일정액의 수치가 되면 이내 배낭을 짊어지고 떠납니다. 처음에는 산으로 바다로 떠났습니다. 이내 다른 곳과의

3. 장·단점 및 특기	접촉을 시도하게 되고 지금은 지구촌에 안 가본 곳은 아프리카와 남미뿐이라고 자부심을 가지며 배낭여행을 즐깁니다. 그곳에서 만난 친구들은 인종, 언어, 문화의 차이를 뛰어넘어 하나 되는 무언가가 있었습니다. 다양한 사람들과의 하나 됨, 그리고 말로 표현할 수 없는 젊음의 힘, 저의 생활을 활기차게 만드는 자원입니다.
4. 지원동기	"안 되면 되게 하라" 저는 귀사가 원하는 신규 비즈니스 아이디어를 발휘할 수 있는 적임자라는 생각에 지원을 하게 되었습니다. 저는 환경의 변화, 고객가치, 핵심 역량, 전략적 측면에서 귀사의 발전 가능성을 무궁무진하게 이끌어 나가고 싶습니다. 무엇보다 고객의 입장에서 귀사의 전략을 타사와 비교해 정확히 알고 있기 때문에 더욱더 가능하다고 생각합니다.
5. 장래희망 및 포부	"노력하는 자를 따라올 천재 없고, 즐기는 자를 따라올 노력가는 없다." 자기가 좋아하는 일을 통해서 자기 성취와 보람 그리고 경제적 능력까지 획득하는 것이 저의 목표입니다. 제가 귀사와 함께 나아갈 수 있다면 맡은 업무를 성공적으로 완성하기 위해 모든 노력을 다할 것이며, 즐겁게 업무에 임하고자 합니다.

5) 자기소개서 작성의 실제

- 문제 해결 능력과 대안 제시 능력 : 자신이 살아오는 동안 가장 힘들었던 경험과 그것을 어떻게 극복했는지를 묻는 문항으로 힘들었던 점만 쓰면 감점이다.

- 창의적인 발상과 추진력 : 고정관념을 깨는 창의적인 발상, 그것을 추진하는 추진력을 평가하는 문항으로 현실성을 담보로 한 새로움을 제시해야 한다.

- 집단생활에서의 대인관계와 융화력 : 모임에서 조원들이 갈등을 일으켰을 때를 설명하고 자신이 어떤 역할을 했는지 묻는 문항으로 자신이 어떤 식으로 조화를 이끌어냈는지가 관건이다.

- 지원자의 개성과 지도력

문항 1) 가장 도전적인 목표를 세우고 성취해낸 경험의 구체적인 상황, 자신의 행동, 결과 등을 기술하시오.

문항 2) 다양한 관점으로 현상을 바라보고 창의적인 발상을 통해 문제를 개선하거나 해결한 경험을 골라 구체적인 상황, 자신의 행동, 결과 등을 기술하시오.

문항 3) 다른 사람들과의 팀워크를 통해 자신이 속한 단체나 조직이 더 나아지도록 기여한 경험을 골라 구체적인 상황, 자신의 행동, 결과 등을 기술하시오.

문항 4) ○○회사 인턴십에 지원하신 동기와 희망 직무를 기술하여 주십시오.

문항 5) 대학생활에서 기억에 남는 일을 소개하고, 여기에서 스스로 얻은 교훈이 있다면 소개하시오.

문항 6) 성장과정에서 자신에게 가장 큰 영향을 준 사람이 있다면 소개하십시오.
문항 7) 인생에서 어려움을 겪었던 일이 있다면 어떻게 이에 대응하였고 여기에서 어떤 교훈을 얻었는지 서술하시오.

8. 이력서 작성

이력서는 개인의 신상명세와 경력, 이력이 담긴 서류이다. 이력서에서 가장 중요한 것은 경력, 학력, 사진(외모), 외국어, 자격증 등이다.

인사담당자들은 무엇보다 '기본'을 중시하는 것으로 드러났다. '반드시 탈락시키는 실수'로 가장 많은 인사담당자들이 꼽은 것은 '이름, 학력, 경력 등 필수 항목을 적지 않은 경우'(45.6%)이다. 그 뒤를 이은 것은 '엉뚱한 회사이름 적기'(40.8%), '지원 분야와 관계없는 산만한 경력 기재'(37.9%), 본인사진 미부착(19.4%) 등이다.

이력서 작성시 유의사항은 다음과 같다.

1) 이력서 양식이 있을 경우는 서식을 갖추고 공란을 남기지 않는다. 자유로운 형식일 경우, 자신을 가장 잘 드러내는 항목은 강조하고 감추고 싶은 사항은 배제할 수 있다.

2) 내용상 오류와 오타가 없도록 철저하게 확인한다.

3) 수정액 사용이나 복사는 금물이다. 반드시 원본을 제출한다.

4) 사진은 3개월 이내에 촬영한 것을 사용한다.

5) 직접 연락이 가능한 전화번호를 반드시 명기한다.

6) 봉사활동은 평가의 중요척도이므로 반드시 기입한다.

7) 가능한 자신의 능력과 장점을 드러내는 것이 필요하므로 미미한 수상경력도 기재한다. 단 지원 분야와 관계된 내용으로 선택과 집중을 하는 것이 중요하다.

8) 특별한 요구가 없는 한, 직업과 관계없는 취미, 종교, 이직 사유 등은 적지 않는다.

9) 지원업체의 업계 동향을 분석해서 전문성을 갖춘 이력서를 만든다.

10) 경력사항은 업무와 관련된 경력 위주로 최근의 것부터 기재한다. 기관과 관계기
관 등도 명기한다.

11) 이력서의 마지막에는 "위 내용이 사실임을 증명함", " 위 기재사항은 사실과 상위
없음"등의 문구를 기입한 후 하단에 작성 연월일과 본인 성명을 기재하고 서명 날
인하여 마무리한다.

제2장
면접을 위한 준비

1. 면접의 중요성

대학이나 대학원 입학과 입사시험에서 면접이 차지하는 비중은 점점 높아지고 있다. 과거에는 형식상의 절차인 경우가 많았는데 최근 자기표현능력과 인성이 중요해지면서 면접은 합격을 좌우하는 중요변수로 떠올랐다.

면접은 면접하는 사람과 면접 받는 사람과의 대화형식이지만 자연스러운 사적 대화가 아니라 공식적인 성격을 띠는 것이므로 면접에 앞서 철저한 준비가 필요하다.

2. 면접의 목적

지원자의 기본 인성 및 적성 파악 : 조직생활에서 역량을 발휘할 인재인가?

직무 적합성 및 역량 파악 : 해당분야의 전문가로 성장할 만한 인재인가?

회사에서 원하는 인재상과의 부합 파악 : 조직문화에 적응 가능한 인재인가?

회사에 대한 관심도 및 열정 파악 : 회사 자체에 대한 충성도 파악

3. 면접의 종류

개별 면접

집단 면접

집단 토론

프리젠테이션 면접

무자료 면접

그 외 새로운 방식의 면접으로 사원 면접, 동료평가 면접, 다차원 면접(현장체험 면접) 합숙면접, 압박 면접 등이 있다.

압박면접은 응시자의 약점을 잡아서 직접적인 질문을 통해 심리적으로 압박을 가하며 행해지는 면접 방법이다. 가령 빈정거리거나 논쟁을 유도하고 아무 말 없이 기다리게 하는 등 지원자가 난처한 상황에서 어떻게 대처하는지 보기 위해 계획적으로 의도된 것이다.

4. 면접을 위한 사전 준비

면접에서 가장 많이 하는 질문 가운데 하나는 응시자의 개인에 관한 사항들이다. 자신

을 소개하라고 할 때 좋은 인상을 줄 수 있도록 소개해야 한다.

1) 자기 신상과 주변에 대한 사항을 준비한다

자기 성격의 장점과 단점, 경력과 이력, 가족관계, 취미와 특기, 인생관이나 가치관 등에 대해 간단히 말할 수 있도록 자기소개서를 미리 작성하여 연습해 둔다.

2) 지원한 학교 또는 회사에 대한 정보 정리

대학입학 면접시험을 보러가는 응시생은 지원한 학교의 교육이념, 연혁, 학과의 특성, 전공하고자 하는 분야의 특성과 전망 등에 대해 알아둘 필요가 있다.

입사시험의 경우는 지원한 회사의 기업목표와 연혁, 사업내용이나 특성, 회사규모 등을 알아둔다. 또한 지원회사의 면접시험 특징과 질문내용을 검토한다.

3) 전공지식, 시사 상식 준비

응시자의 실력을 평가하기 위해 전공과목에 대한 지식이나 시사 상식을 묻는 경우가 많으므로 전공지식과 시사문제들을 정리하여 익힐 필요가 있다.

4) 복장점검

면접에서는 첫인상이 중요하므로 복장과 구두, 머리모양 등을 점검하고 미리 손질해 두어야 한다. 복장은 평상복 보다는 정장차림이 좋은데 너무 화려하지 않도록 한다.

5. 면접에서 유의할 사항

1) 첫인상이 중요하다

우선 청결한 복장과 바른 자세로 침착하게 들어서야 한다. 건강하고 신선한 이미지를 주어야 하기 때문이다. 면접위원이 복수일 경우에는 중앙으로 나가 큰 소리로 밝고 분명하게 응시번호, 이름 등을 말하고 지정된 자리에 앉는다.

2) 두세 번의 심호흡을 하라

시험에 임하면 긴장하지 않는 사람이 없다. 조용히 두세번의 심호흡을 하고 질문을 기다린다. 첫 번째 질문에 당황하지 말고 약간 간격을 두고 대답하면 마음이 안정된다.

3) 결론부터 이야기한다

자기의 의사나 생각을 상대방에게 정확하게 전달하기 위해서는 먼저 무엇을 말하고자 하는가를 명확히 결정해야 한다. 대답을 할 경우 먼저 결론을 이야기하고 나서 그에 따르는 설명과 이유를 나중에 덧붙이면 논지가 정확하게 전달되고 이야기가 깔끔하게 정리된다.

4) 질문의 요지를 먼저 파악하라

면접 때의 이야기는 간결성만으로 부족하다. 상대의 질문이나 이야기에 적절하고 필요한 대답을 하지 않으면 대화는 끊어지고 자기의 생각도 제대로 표현하지 못하여 면접자가 수험생의 인품이나 사고방식을 명확히 파악할 수 없도록 만든다. 질문의 요지를 파악할 수 없을 때는 주저하지 말고 "지금의 질문은 이런 의미입니까?"라고 물어보아 의미를 이해한 다음에 대답해야 한다.

5) 3분 이내에 이야기를 마친다

한 가지 사실을 이야기하거나 설명하는 데 3분이면 충분하다. 복잡한 이야기라도 어느 정도의 길이로 요약해서 이야기하면 상대도 이해하기 쉽고 자기 생각도 정리할 수 있다. 긴 이야기는 오히려 상대를 불쾌하게 하는 수가 있다.

6) 말끝을 분명하게 하라

말끝이 사라지는 대화는 다른 사람에게 어두운 인상을 준다. 또 입속에서 중얼중얼하다가 언짢은 것처럼 이야기하는 사람도 의외로 많다. 이것은 절대 금물이다.

7) 명확하게 바른 자세로 전달하라

상대의 눈을 보며 적당한 톤과 스피드로 성의를 갖고 진지하게 이야기하면 상대에게 호감을 주게 된다. 상대의 이야기에 "예", "그렇습니까", "저는 이렇게 생각합니다" 등으로 자기의 생각을 전달하면 대화가 부드럽게 전개되며 상대의 공감을 사게 된다.

8) 자신의 언어로 이야기하라

명확하게 이해하지 못하는 말을 무리하게 사용하거나 유행어를 함부로 쓰거나 하면 경박하게 보이기 쉽다. 또 너무 훌륭하게 표현하려다가 자신의 이야기에 도취되어 흥분하는 수도 있다. 지나치게 어렵거나 경박한 말을 쓰지 말고 평소 자신의 언어를 조리있게 구사하는 것이 좋다.

9) 올바른 경어를 사용하라

시간, 장소, 지위 등에 따라 구분하여 쓰는 것이 중요하다. 특히 존대어와 겸양어는 혼동하기 쉬우므로 주의한다.

10) 자신의 스타일로 이야기한다

이야기에 능한 사람은 자신의 스타일을 터득하고 있다. 누구에게든지 자기에게 맞는 방법이 있기 마련이다. 이를 연구하여 상대에게 호감을 줄 수 있는 방법을 연구하라. 같은 내용의 이야기라도 상대의 입장이나 생각을 고려하면서 이해하기 쉽게 이야기하는 습관을 길러 두는 게 좋다.

11) 자신있는 부분에서 승부를 걸어라

질의응답 중 자신에게 유리한 분야로 이야기를 끌고 가는 노력이 필요하다. 이야기가 자신있는 분야로 오면 기회를 놓치지 않아야 한다. 자신있는 이야기는 설득력이 있다.

12) 싫은 질문도 성의껏 답하라

외국의 사관학교나 항공요원을 채용하는 시험에서는 수험생을 극한상황에 몰아놓고 그 사람이 어떻게 반응하는가를 알아보는 시험이 행해진다고 한다. 최근 우리나라에서도 많은 회사가 '강압식 면접'이라고 해서 의도적으로 수험생에게 곤란한 질문을 하여 그 반응을 보고 평가하는 방법을 쓰고 있다. 싫은 질문을 받더라도 시험중임을 명시하고 차분히 대답하는 것이 좋다.

13) 모든 질문에 대해 적극적으로 답하라

소극적인 자세는 면접시 절대 금기사항이다. 적극적으로 질문에 답해야 하며 그렇게 하기 위해서는 최소한 그 기업에 대해서 어느 정도 알아두어야 한다. 즉 기업연감 등을 통해 설립자, 설립연도, 매출액 등을 암기해 둘 필요가 있다. 대부분의 면접관은 자기 기업에 대해 관심을 갖고 있는 응시자에게 후한 점수를 주고 싶어한다. 그러나 근거를 갖추지 않은 대답은 오히려 역효과를 가져올 수 있음을 명심하라.

14) 최후의 순간까지 최선을 다하라

면접 중 질문에 대답을 못했거나 분위기가 엉망이 되었다 할지라도 도중에 포기해서는 안된다. 최후의 분발로 상황을 역전시킬 수도 있는 것이다. 끝까지 용기를 가지고 성의있게 면접에 임해야 한다.

〈면접 예상 질문〉

1) 우리 회사에 지원한 이유는?

2) 다른 회사에 합격한다면?

3) 자신이 원하지 않는 업무나 지역에 배치된다면?

4) 아프리카에서 모피를 팔 수 있는가?

5) 무일푼으로 외국에 나가면 얼마나 버틸까?

6) 세상에서 가장 큰 시련은 무엇이었나?

7) 토익점수가 별로인데, 왜 그렇죠?

8) 학점이 높네요. 공부만 했습니까?

9) 학교는 왜 이렇게 오래 다녔습니까?

10) 증권관련 자격증이 하나도 없군요. 증권회사에 지원할 생각이 있었으면 자격증을 따야겠다는 생각을 안 해 봤습니까?

11) 상사의 부당한 지시에 대응방법이 있습니까?

12) 부모님께 배운 최고의 인생 가치는?

13) 가장 존경하는 인물은?

14) 우리 회사가 당신을 뽑아야 하는 이유는?

주제별 글쓰기

주제를 정하고 그에 맞는 글감을 수집했다면 그것을 정리하고 어떤 글을 쓸 것인가 구상한다. 그리고 쓰고자 하는 글의 성격에 따라 적절한 진술방식을 택하는 것이 좋다. 쓸 거리와 문제의 쟁점, 양상에 따라 문장의 종류와 글의 진술방식을 다르게 구상해야 한다. 즉 글의 목적과 글 쓰는 사람의 의도에 따라 가장 효과적인 진술방식을 선택한다.

우리가 읽고 쓰는 글은 대체로 설명적이고 이론적인 글과 감각적이고 문학적인 글로 나눌 수 있다. 이는 객관적인 글과 주관적인 글로 볼 수 있다. 이를 좀더 세분화하면 설명과 논증, 묘사와 서사로 나눌 수 있다.

- 독자에게 무엇인가를 알리려는 의도 → 설명
- 독자로 하여금 필자의 감각적 경험, 그 대상을 실감나게 체험시키려는 의도 → 묘사
- 독자에게 사건의 경과를 알리려는 의도 → 서사
- 독자로 하여금 필자가 진술한 것을 믿게 하고 나아가 그것에 의해 독자의 생각과 행동을 변화시키려는 의도 → 논증

제1장
설명하는 글

설명은 어떤 사물이나 사실을 알기 쉽게 풀어서 밝혀주는 진술방식이다. 읽는 이에게 어떤 사실을 정의하여 알려주고 정보를 제공하며 사물이나 상황을 분석해 보여주는 방식으로 설명의 궁극적 목적은 이해에 있다. 따라서 설명적 글쓰기에서 중요한 것은 객관성과 명료성, 구체성과 정확성이다.

필자의 주관적 판단이나 주장을 드러내지 않도록 객관적 입장을 유지해야 하며 내용을 쉽게 풀어서 그 의미를 명확하게 밝혀야 한다. 즉 수사나 비유, 난해한 표현으로 글을 모호하게 만들지 말아야 하며 복잡한 내용을 명료하게 전달하는 것이 중요하다.

그리고 자료를 구체적으로 제시하고 정확한 내용을 전달하도록 한다. 설명의 구체적인 방법으로는 지정, 정의, 비교, 대조, 예시, 인용, 분류, 분석 등이 있다.

1. 지정과 정의

지정은 어떤 사실이나 대상을 가장 간단히 가리키거나 밝히는 설명방식이다.

명지전문대학은 서대문구 가좌로에 위치한 전문대학이다.
만해 한용운은 승려이자 시인이다.

정의는 피정의항(정의되는 부분)과 정의항(정의하는 부분)으로 이루어진다.

- 정의항은 피정의항보다 구체적인 어휘로 이루어져야 하며 그 의미를 선명하게 드러
  낼 수 있어야 한다.

- 보다 적절한 범주에서 정의할 수 있어야 한다.

- 피정의항을 정의항에서 되풀이해 사용하는 순환 정의, 부정어를 사용해서 하는 부
  정어법의 정의는 피해야 한다. 가령 '대학'의 정의를 '대학생이 공부하는 곳'이라고
  하거나 '학생'의 정의를 '교수가 아닌 사람'으로 하는 경우들이다.

사전에 나와 있는 설명처럼 그 의미를 글자 그대로 정의하는 경우를 '사전적 정의'라
고 한다면 자신만의 생각이 덧붙여진 정의를 '확장된 정의'라고 한다. 앞의 것이 논리적
이고 객관적 정의라고 한다면 뒤의 것은 주관적 견해가 덧붙여진 경우로 글쓴이의 감각
과 생각을 읽을 수 있다.

다음의 정의들을 읽어 보자.

· 포스트잇 – 아무 흔적 없이 떨어졌다 별 저항 없이 다시 붙는, 포스트잇 같은 관계들. 여태
이루지 못한, 내 은밀한 유토피아이즘.

— 김영하, 「포스트잇」에서

· 어두워진다는 것 – 몸을 비추던 햇살이/ 불현듯 그 온기를 거두어가는 것/ 시든 손등이 더
는 보이지 않게 되는 것/ 아무도 쓰러진 나무를 거두어가지 않는 것

— 나희덕, 「어두워진다는 것」에서

· 국회의원 – 잘 선출하면 우리나라의 시너지 효과, 잘못 선출하면 핵폭탄

– 명지전문대학 전자과, 고정직

· 짝사랑 – 그가 사는 동네를 지날 때 심한 통증을 느끼는 것. 호흡곤란

– 명지전문대학 사회복지과, 김운식

· 핸드폰 – 편리한 물건이지만 자유를 표방한 구속으로 삶의 즐거움과 여유를 방해하는 것.
하지만 이 사실을 알아도 버릴 수 없는 중독성 깊은 바가지 긁는 아내와 같은 존재.

– 명지전문대학 부동산경영과, 이지성

2. 비교와 대조

비슷한 사물이나 개념, 서로 다른 사물이나 개념을 서로 연관시켜 그 개념의 특성을
보다 정확하게 부각시키는 방식이다. 예를 들어 '청춘'에 대해 설명하는데 '노년'과 비
교한다든지, '중학교 과정'을 설명하는데 '고등학교 과정'과 비교하는 경우를 들수 있
다. 이때 비교가 두 대상의 유사성에 초점을 둔 것이라면 대조는 차이점을 강조하는 것
이다.

비교나 대조의 방식을 사용할 경우 사람들이 잘 알고 있는 개념을 활용하는 것이 효과
적이다. 또 비교와 대조의 기준이 일관되어야 한다. 즉 비교 대조의 관계에 있는 두 항목
이 등가적이어야 한다. 가령 '여성'과 '남성'을 비교 혹은 대조할 수 있으나 '여성'과 '소
녀'의 경우, 동일한 범주로 보기 어렵기 때문에 비교나 대조의 대상이 될 수 없다.

다음의 글은 두 인물의 상이함을 보여주고 있는데 대조적인 식습관을 제시하여 인상
적으로 설명하고 있다.

> 할머니는 평생 소식(小食)주의였고, 하루 세끼의 식사량이 일정했다. 반찬도 간갈치, 간고
> 등어 구운 것이나 짠 젓갈 종류를 즐기셨다. 거기에 비하면 체격이 우람한 여장부인 어머니
> 는 폭식주의였고 입이 걸어 아무 음식이나 잘 드셨다.
>
> 혈압이 높으신데도 특히 돼지고기 두루치기를 즐겼고, 생선 지진 국물에 된장을 곁들인 상
> 치쌈이 나오면 지금도 한그릇 반을 느끈히 비우셨다.
>
> – 김원일, 「미망」에서

다음은 소크라테스를 참고하여 정의로운 사회와 정의롭지 못한 사회의 특성을 대조
적으로 비교하는 글이다.

> 여기서 한발 나아간 그의 주장에 따르면, 정의로운 도시에서는 조화와 협동이 이루어지고,
> 모든 계급 사이에 노동 분화가 이루어진다. 농부는 농사를 짓고, 목수는 집을 지으며, 통치자
> 는 통치를 해야 정의로운 도시이다. 이곳에서는 사람들이 저마다 공공의 이익에 이바지하기
> 때문에, 도시민 어느 하나가 불행을 맞으면 도시민 전체가 그것을 안타까워 한다.
>
> 반면에 정의롭지 못한 사회에서는, 어느 한쪽이 무엇을 얻으면 다른 한쪽은 잃고, 당파끼
> 리는 서로 무너뜨릴 책략을 짜며, 강자가 약자를 착취하고, 도시는 사분오열된 채 서로 싸운
> 다. 소크라테스는 대혼란과 다름없는 이런 무자비한 이기주의의 나락에 폴리스가 빠져들지
> 않으려면 반드시 철학자가 나라를 다스려야 한다고 말한다. 단순히 자기에게 좋은 일보다 진
> 정으로 좋은 일을 추구할 수 있는 사람은 오로지 철학자뿐이기 때문이다.
>
> –조너선 하이트, 「바른 마음」에서

다음의 예문은 잘 알려진 나도향의 수필이다. 그믐달의 느낌을 표현하기 위해 초승달
과 보름달의 이미지와 비교하면서 재미있게 설명하고 있다.

서산 위에 잠깐 나타났다 숨어버리는 초승달은 세상을 후려 삼키려는 독부(毒婦)가 아니면 철모르는 처녀 같은 달이지만 그믐달은 세상의 갖은 풍상을 다 겪고 나중에는 그 무슨 원한을 품고서 애처롭게 쓰러지는 원부(怨婦)와 같이 비절하고 애절한 맛이 있다. 보름에 둥근 달은 모든 영화와 끝없는 숭배를 받는 여왕 같은 달이지만 그믐달은 애인을 잃고 쫓겨남을 당한 공주와 같은 달이다.

– 나도향, 「그믐달」에서

다음은 인라인스케이트의 바퀴를 다른 바퀴들과 비교하며 인간의 몸을 성찰하는 글이다. 인라인스케이트를 타는 것은 수만 년 동안 감추어지고 눌려있던 몸의 선과 곡면과 근육의 움직임이 살아나는 것으로 두 발로 땅을 딛고 걸어 다니는 것과 비교하면서, 인간 본래의 몸을 되찾는 개벽에 가까운 혁명이라고 찬탄하고 있다.

인라인스케이트의 바퀴는 자동차나 자전거의 바퀴와는 비교할 수 없이 원시적이다. 이 바퀴에는 엔진의 힘이 걸려 있지 않고, 힘을 증폭하거나 분산시키는 기어, 구동축 또는 트랜스미션 같은 장치와 연결되어 있지 않다. 이 바퀴는 바퀴 그 자체일 뿐이다. 바퀴의 발달사 맨 첫 장에 나오는 둥근 통나무와 같다.

스케이트보드나 '싱싱이'(한 발을 보드에 대고 한 발로는 땅을 밀면서 나아가는 탈 것)도 바퀴가 달려 있지만, 이 바퀴는 인간의 발바닥에 직접 붙는 바퀴는 아니다. 인라인스케이트의 바퀴는 몸의 일부가 되어 인간의 걸음을 인간의 몸의 의지에 따라 직접, 변형시켜 준다. 그 변형의 완성은 '미끄러짐'이다. 인라인스케이트는 아득한 과거와 아득한 미래를 종합하는 바퀴이며, 가장 원시적이고 가장 첨단적인 바퀴이다.

– 김훈, 「인라인스케이트를 타며」에서

3. 예시와 인용

어떤 대상이나 개념에 대해 설명하면서 구체적인 일화나 실례, 인용을 덧붙이면 보다 쉽게 이해되는 이점이 있다. 예시는 구체적인 사례를 통해 설명하는 방법으로 독자에게 설명하고자 하는 대상을 효과적으로 이해시키는 방법 중 하나이다. 특히 설명하려는 대상이 추상적이거나 관념적이어서 어려울 경우 적절한 예를 제시하는 것은 보다 이해를 쉽게 한다.

예시를 할 때 주의할 점은 첫째, 설명하려는 대상과 긴밀한 연관을 갖는 적절한 예를 들어야 한다. 둘째, 예의 성격에 따라 글의 품격이 좌우될 수도 있으므로 예시의 수준과 내용에 유의해야 한다. 셋째, 너무 많은 예시는 글을 산만하게 만들기 때문에 주의해야 한다.

다음의 글은 찰스 디킨즈의 소설에 등장하는 인물인 그래드그라인드의 말을 인용하면서 시작한다. 그가 사실과 계산만을 중시하고 감정과 상상력은 쓸모없는 것이라고 생각하는 것이 인용문에서 잘 드러나고 있다.

> 경제학자이자 공직자이면서 교육자이기도 한 그래드그라인드 씨(Mr. Gradgrind)가 자신의 자녀들에게 발달한 이상하고 불미스러운 상상력과 무익한 정서의 풍성함을 – 간단히 말해, 사적 삶과 공적 삶 모두가 잘 관리될 때 의존하는 과학적 합리성의 결핍을 – 문제 삼으며 그 원인에 대해 말하길 :
>
> "선생이나 하인 중에서 뭔가 암시를 준 작자가 있었을까?" 그래드그라인드 씨는 동굴처럼 움푹 들어간 두 눈을 난롯불에 고정하고 주머니에 양손을 찌른 채 생각에 잠겨 말했다. "루이자나 토마스가 그런 유의 글을 읽은 걸까? 극도로 조심했지만 쓸데없는 이야기책이 집 안으로 들어온 걸까? 어릴 때부터 규정대로 정확하게 실제적인 교육만 받은 아이가 이런 일에 관심을 갖다니, 이상하고도 이해할 수 없는 일이야"

> 그래드그라인드 씨는 이야기책이 단순히 장식용이거나 재미를 위한 것만이 아님을 알고 있었다. 하지만 이것만으로도 그로 하여금 이야기책의 효용을 의심하게 만들기에는 충분했다. 그가 보기에 문학은 전복적이다. 그래드그라인드 씨가 알고 있듯이, 문학은 인간 삶의 복잡성을 "도표 형식"으로 나타내고자 애쓰면서 모든 것을 아우르고자 하는 과학적 기획인 정치경제학의 적이다.
>
> —마사 누스바움, 「시적 정의」에서

다음의 글은 유치원의 학부모를 대상으로 처벌이 사람들의 행위를 억제할 수 있는지 실험한 사례를 들고 있다.

이 예시를 통해서 규칙을 어긴 것에 대한 죄책감을 경제적으로 해소한 상황을 쉽게 설명하고 있다.

> 유치원에 아이를 맡긴 학부모들은 일정한 시간이 되면 아이들을 데려가도록 되어 있었다. 그런데 학부모들이 아이들을 늦게 데려가는 바람에 유치원 운영에 차질이 빚어졌다. 연구팀은 이들 유치원의 학부모들을 대상으로 아이들을 10분 이상 늦게 데려갈 경우 3달러의 벌금을 부과하기로 했다. 실험은 세 번에 걸쳐 20주 동안 진행되었다. 첫 4주 동안 늦게 오는 학부모들을 체크한 결과 한 유치원당 지각하는 학부모는 일주일에 평균 8번꼴이었다. 연구팀은 5주째부터 12주째까지 10분 이상 늦을 때마다 5달러의 벌금을 물도록 했다. 그리고 마지막 4주는 벌금을 없앴다.
>
> 지금까지의 경제학 이론에 의하면 벌금이 높아질수록 지각하는 학부모들의 수는 감소해야 한다.
>
> 학부모들에게 제시간에 와야 할 인센티브가 증가했기 때문이다. 하지만 실험결과는 정반대로 나타났다. 더 많은 학부모들이 지각한 것이다. 지각의 비율은 기존 25퍼센트에서 높게는 60퍼센트까지 상승했다. 상습적으로 지각하는 학부모들이 2배 이상 증가한 것이다. 17주째에 벌금을 없앤후에도 지각 비율은 여전히 높았다.
>
> 이 실험이 의미하는 것은 무엇일까? 학부모들은 3달러를 내고 10분의 지각 시간을 구입

해버린 것이다. 몇 달러로 자신의 잘못을 사버린 셈이다. 지각 비용을 지불한 학부모들은 이제 떳떳하게 지각할 수 있게 되었다. 벌금을 없앤 후에도 지각 비율이 이전 수준으로 돌아가지 않는 것은 지각의 가격이 제로가 되었기 때문이다. 비용을 지불하지 않고도 지각할 수 있게 된 것이다.

-이용범, 「시장의 신화」에서

다음의 글은 인간사회에서 일어나는 일을 설명하기 위해 동물의 세계에서 비슷한 사례를 들어 흥미롭게 비교하고 있다.

농어류의 작은 고기는 큰 고기의 청소부 역할을 담당하고 있는데 이 작은 고기가 접근하면 큰 고기는 입을 크게 벌려서 작은 고기가 자기의 입속으로 들어오게 한다. 입안이나 아가미에 붙어 있는 음식찌꺼기와 기생충들을 청소하게 하는 것이다. 이것은 훌륭한 공생관계이다. 큰 고기는 청소를 통하여 유해물을 제거하고 작은 고기는 힘들이지 않고 공짜로 식사를 하는 '누이 좋고 매부 좋은' 관계인 것이다. 원래 큰 고기는 자기에게 접근하는 모든 고기를 용서없이 삼켜 버리지만 이 작은 고기가 접근하여 '물결이 파도치듯 춤을 추면' 갑자기 모든 동작을 멈추고 입을 크게 벌린 채 부동자세를 취한다고 한다. 아마도 이 작은 고기의 춤이 큰 고기의 부동자세를 발생시키는 유발기제의 역할을 하는 것 같다.

검치 베도라치는 이러한 상호 협조 관계를 알고 있다. 따라서 작은 고기의 파도치는 춤을 모방하여 큰 고기를 부동자세로 만든 후에 날카로운 이빨로 순식간에 큰 고기의 살점을 뜯어 먹고는 큰 고기가 최면상태에서 깨어나기 전에 유유히 사라진다.

유감스럽게도 동물의 세계와 마찬가지로 사람들 중에도 자동적인 반응을 일으키게 하는 유발기제를 이용하여 불로소득을 취하는 자들이 존재한다. 동물의 세계에서는 이러한 자동화된 행동이 본능에서 비롯된 것이지만 인간의 세계에서는 이들이 후천적으로 학습된 심리적인 법칙이나 고정관념에 의해 생성된다는 점이 다르다고 할 수 있겠다.

- 로버트 치알디니, 「설득의 심리학」에서

4. 분류

대상이 여러 가지이거나 복합적일 때 일정한 기준에 따라 나누거나 묶어서 설명하는 것을 '분류'라고 한다. 예를 들어 환경오염에 대한 글을 쓴다고 가정하자. 환경오염에 대해 모든 것을 쓸 수는 없으므로 일단 오염의 종류에 따라 대기 오염, 수질 오염 등으로 나눌 수 있고 오염의 정도에 따라 구분할 수도 있으며 지역별로 나누어 살펴볼 수도 있다. 이러한 분류를 통해 설명할 경우 아무 구분 없이 제시하는 경우보다 쉽게 이해될 수 있다.

분류에서 중요한 것은 분류의 기준이다. 여러 대상들에 일관되게 적용되는 기준을 정해야 하는데 이 기준은 해당 대상에 대해 전반적으로 잘 이해하고 있어야 타당하게 설정될 수 있다.

다음 글은 숫자 계산에 밝지 못한 사람을 산치算痴라고 명명하면서 산치를 세 가지로 분류해서 재미있게 설명하고 있다.

> 음정 잡는 데 노상 실패하는 사람이 음치라면, 숫자 계산에 밝지 못한 사람은 산치라 부를 만하다.
>
> 계산에 서툰 사람, 계산하기를 싫어하는 사람, 계산을 거부하는 사람이 '산치부족'을 구성한다. 좀더 정밀하게 말해도 된다. 음치에 여러 등급이 있듯이 산치의 종류도 다양하다.
>
> 첫 번째 산치는 1에서 100까지를 틀리지 않게 셀 수 없는 사람이다. 40, 41, 42하다가 48로 건너뛰고 50에서 60으로 곧장 넘어가는 것이 그의 셈법이다. …(중략)…
>
> 두 번째 산치는 숫자만 보면 도망치는 사람이다. 1에서 100까지는 어찌어찌 세어내지만 100단위를 넘어가면 절망이다. …(중략) 그가 계산을 기피하는 이유는 셈을 못해서라기보다는 계산 자체를 싫어하기 때문이라는 소문도 있다.
>
> 세 번째 산치는 계산을 거부하는 사람이다. 그는 산치이기를 적극적으로 선택한 산치, 지상의 산법을 버리기로 작정한 '철학적'산치다.
>
> — 도정일, 「타이 사람들의 오징어 셈법」에서

다음의 예문은 어떤 행동이나 말에 대한 반응을 수동적인 반응, 공격적인 반응, 단호한 반응의 세 가지로 나누어 살핀 경우이다.

수동적인 반응은 "나는 아무래도 좋아. 중요한 건 바로 당신."이라는 메시지를 전달하며, 은연중에 자기 자신을 다른 사람들과 동등하게 여기지 않고 있음을 보여준다. 이런 반응을 보이면 남을 이용하거나 못살게 구는 사람들의 표적이 되기 쉽다.

수동적인 사람들은 마음 속에 있는 생각을 표현하면 분란이 일어날까봐 두려워한다. 그러나 자신의 의견을 말하지 않는 한, 자신이 원하는 것을 결코 얻을 수 없다.

이와 정반대로 공격적인 반응은 "당신은 아무래도 좋아. 중요한 건 바로 나."라는 의미를 전달한다. 이런 사람들은 항상 자신의 권리만 챙기고, 자기를 다른 사람보다 우위에 둔다. 남을 희생시켜 자신이 원하는 것을 얻으려는 것이다. 공격적인 사람은 사람들이 싫어하는 행동을 일삼을 뿐만 아니라, 말로 상대방을 공격하는 경향이 있다.

그러나 단호한 반응은 공격적인 반응과 다르다. "나도 중요하고 당신도 중요하다. 우리 모두 중요하다."는 메시지를 전하기 때문이다. 즉, 다른 사람의 권리를 침해하지 않으면서 자신의 권리를 존중하고 지키겠다는 것이다. 이는 자긍심을 희생하지 않으면서 상대방을 배려하는 태도를 보여
준다.

－ 폴렛 데일, 「대화의 기술」에서

5. 분석

분석은 전체를 이해하기 위하여 대상을 부분으로 나누어 보는 방법이다. 어떤 사물이나 개념을 설명할 때 그것이 어떻게 이루어져 있는가, 왜 이런 일이 일어났는가를 살펴보는 것이다.

다음 글은 우리나라 근대교육제도의 확립이 의미하는 바를 예를 들어 분석하고 있다.

곧 학력이 과거 전통적인 신분질서를 대신하는 기준이 되었는데, 다른 한편으로 또 다른 불평등 혹은 사회적 균열을 만들어내었음을 지적하고 있다.

이것은 근대화가 사회적 관계에 가져온 변화의 한 측면이다. 다른 한 측면은 전통적인 신분질서가 교육제도를 매개로 변형되고 존속된다는 것이다. 한우희는 근대 교육제도의 이용자들이 흔히 보통학교에 들어가야 양반이 된다든지, 대학 예과 입학은 과거의 초시 합격과 맞먹는다는 식으로, 신식 학교가 발급하는 새로운 증명서들의 가치를 과거제도의 그것과 비교하여 판단하였음을 지적한다. 이러한 경향은 1920년대까지도 계속되었다. 이는 전통적인 위계질서가 학력이라는 프리즘을 통하여 근대적 사회 공간에 투영되었음을 말한다. 학력이 이제 신분을 대신하여 이 공간을 분절하는 새로운 기준이 된 것이다. 오성철도 한우희를 원용하면서, 투자-수익의 합리성이라는 관점에서는 결코 일제 시대의 교육열을 온전하게 설명할 수 없다고 말한다. 1930년대 초등교육의 팽창을 이끈 가장 중요한 동인 가운데 하나는 양반이고 상놈이고 간에 초등학교라는 곳에 자신의 자질을 여아를 입학시키지 않으면 사람 갑에 못 가는 줄" 아는 세간의 인식이었다.

상투를 자르는 것과 학교에 가는 것은 밀접하게 연관되어 있었다. 학교에서 아이들은 그들이 어떤 집안 출신이든 간에 모두 같은 옷을 입고, 같은 모자를 썼다. 겉모습의 수준에서 실현된 이러한 평등성은 사회적 이동을 위한 기회를 누구에게나 똑같이 제공하겠다는 근대적인 교육제도의 약속을 상징한다. 하지만 실제로 학교가 만들어낸 것은 또 다른 불평등 혹은 사회적 균열이었다. 전통적인 사회에서 지배 계층에 속했던 사람들은 남들보다 앞서서 적극적으로 이 새로운 기회를 이용함으로써 그들의 사회적 지위를 유지하였다. 반면 학교에 다니지 못한 사람들은 여전히 '사람 노릇을 못하는' 존재로 남게 되었다.

– 김현경, 『사람, 장소, 환대』에서

다음 예문은 대화체로 되어 있어서 편하게 읽히지만 신화가 내포하고 있는 진실을 분석하고 있는 글이다. 즉 미로라는 시련을 극복하는 것이 우리 삶이 진리에 도달하는 길이라는 사실을 단테의 경우를 예를 들어 설명하고 있다.

캠벨 : 이 미로는 앞길을 막는 존재인 동시에 영생으로 들어가는 길이기도 합니다. 이것이 신화의 궁극적인 비밀입니다. 삶의 미로를 뚫고 지나가면 삶의 영적인 가치를 접하게 된다, 이것이 바로 신화가 드러내고자 하는 진실입니다.

단테의 「신곡」이 다루고 있는 문제도 결국은 이것입니다. 우리는 '삶의 한 중간에 이르렀을' 때 문득 위기를 만나게 됩니다. 몸은 시들어가는데 별같이 무수한 우리 삶의 주제가 매일 밤 꿈자리를 차고 들어옵니다. 단테는 이것을 '중년에 아주 무서운 숲에서 길을 잃었다'는 말로 표현하고 있습니다. 단테는 이 숲에서 각각 자만, 욕망, 공포를 상징하는 괴물 세 마리를 만납니다. 그런데, 시적 통찰력의 화신인 베르겔리우스가 나타나 지옥의 미궁을 무사히 빠져나갈 수 있게 해 줍니다.

이 지옥은 미궁은 자만과 욕망과 공포에 사로잡혀 영원으로 들어가지 못한 사람들이 있는 곳입니다. 단테는 베르겔리우스의 인도를 받아 하느님의 지복 직관을 경험하지요.

─ 조셉 캠벨, 빌 모이어스 대담, 『신화의 힘』에서

생각해보기

1. 다음 단어에 대해 사전을 찾아 뜻을 알아보고 각자의 입장에서 '확장된 정의'를 내려 보시오.

대학 :

청춘 :

성공 :

소확행 :

스마트폰 :

2. 비교와 대조를 사용하여 설명하시오.

밀레니엄세대와 기성세대 :

사랑과 우정 :

3. 다음의 주제에 대해 예를 들어 설명하시오

운동의 효과 :

나를 행복하게 하는 것 :

4. 다음을 분류하여 설명하시오.

대학생 아르바이트의 유형 :

취업준비의 유형 :

연애의 유형 :

-----

5. 다음 주제를 분석하여 설명하시오.

청년층의 현황 :

우리나라의 소비문화 :

제2장
묘사하는 글

묘사는 글 쓰는 이가 어떤 대상에 자신의 느낌을 생생하게 전달하는 방식이다. 설명이 대상에 대한 객관적 정보를 전달하는 것이라면 묘사는 주관적 느낌을 전달하는 것이라고 할 수 있다. 설명이 이해를 목적으로 한다고 할 때, 묘사는 상상력을 자극함으로써 감각에 호소한다.

보통 그림그리기를 떠올리면 쉽다. 그림을 잘 그리기 위해 먼저 해야 할 것은 관찰이다. 관찰한 것을 화폭 위에 표현하듯이 언어로 그리는 것이 묘사이다. 대상으로부터 받은 인상과 느낌을 생생하게 전달함으로써 읽는이가 가능한 글쓴이와 같은 체험을 가질 수 있도록 한다.

그러나 묘사에도 객관적으로 정확하게 전달하는 경우가 있다. 이를 '설명적 묘사'라 하고 보다 주관적 느낌에 의해 상상력을 자극하는 묘사는 '암시적 묘사'로 구분한다.

몇 가지 예문을 읽어보자.

사십이 가까운 처녀인 그는 주근깨투성이 얼굴이 처녀다운 맛이란 약에 쓰려도 찾을 수 없을 뿐인가, 시들고 꺼칠고 마르고 누렇게 뜬 품이 곰팡스런 굴비를 생각나게 한다. 여러 겹 주름이 잡힌 훌렁 벗겨진 이마라든지 숱이 적어서 맘대로 쪽지거나 틀어 올리지를 못하고 엉성하게 그냥 빗겨 넘긴 머리꼬리가 뒤통수에 염소똥 만하게 붙은 것이라든지 벌써 늙어 가는 자취를 감출 길이 없었다. 뾰족한 입을 앙다물고 돋보기 너머로 쌀쌀한 눈이 놀랠 때엔 기숙사생이 오싹하고 몸서리를 치리만큼 그는 엄격하고 매서웠다.

– 현진건, 「B사감과 러브레터」에서

물끄러미 그의 옆 모습을 쳐다봤다. 형편없이 말랐고 나이보다 늙어 보였다. 흰색과 검은색이 뒤섞여 있는 머리는 손질되지 않아 지저분했고 벗겨진 이마와 뺨에는 검버섯이 피어 있었다. 피부는 건조하고 푸석푸석했고 크고 작은 흉터가 많았다. 눈동자는 흐릿했고 눈자위는 황달에 걸린 것처럼 노랬다. 깊게 패인 네 개의 눈주름 밑으로 좁쌀만한 물사마귀가 셀 수 없이 많았다. 목이 늘어진 밤색 티셔츠 왼쪽 어깨 부분에 오래된 치약이 말라붙어 있었고 곳곳에 오물이 묻어 있는 면바지 밑단은 해지고 뜯겨 있었다.

– 정용준, 「당신의 피」에서

그 할아버지의 얼굴은 깊은 주름살로 가득했으며 입은 옷에서는 이상한 냄새가 났다. 희끗한 머리털과 처진 눈 아래 깊이 패인 주름, 듬성듬성한 수염과 꺼칠한 입술 사이로 보이는 이는 거뭇거뭇했다. 그런데 등에 메고 있는 가방은 미키 마우스가 그려진 어린이용 배낭이었다.

첫 예문은 인물 묘사에 대한 예로 많이 거론되는 현진건의 「B사감과 러브레터」이다. 이는 사실적인 묘사라기보다는 글쓴이의 주관적 느낌이 들어간 묘사이다. '곰팡스런 굴비'나 '염소똥'이라는 과장된 표현은 B사감에 대한 글쓴이의 부정적 감정이 개입되어 있다. 즉 B사감을 희화하기 위하여 일부러 과장된 묘사를 사용하여 표현한 것이다.

두 번째 예문은 아들의 눈에 비친 아버지의 모습이다. 머리와 피부, 흉터, 눈동자와 눈자위, 물사마귀까지 매우 자세하게 묘사하고 있는데, 글쓴이의 느낌이 우호적이지 않음을 느낄 수 있다.

이에 비해 세 번째 예문은 인물의 생김새를 있는 그대로 묘사한 경우로 객관적 정보 전달에 가깝다.

풍경을 묘사할 경우도 보이는 풍경 그대로 그리는 경우와 글쓴이의 주관적 느낌이 들어간 묘사로 나눌 수 있다. 가령, 어느 흐린 토요일 오후에 대해 "하늘엔 잿빛 구름이 떠 있는 토요일 오후, 도시 전체가 흐릿하게 보인다."라고 썼을 경우는 객관적 묘사라 할 수 있다. 이를 다음과 같이 고쳐보자.

"잿빛 구름과 뿌연 미세먼지가 뒤섞여 온통 흐릿한 토요일 오후, 태양은 찬란한 빛과 열기를 잃어버린 채 낮게낮게 가라앉고 있다. 거리엔 분출하지 못한 욕망을 숨긴 채 무표정한 얼굴로 사람들이 걸어가고 있다."

이러한 묘사는 흐린 토요일 오후를 어둡게 바라보는 글쓴이의 느낌이 들어 있으므로 암시적 묘사라고 할 수 있다.

다음 예문을 비교해 보자.

창 밖에 늦가을의 너른 들판이 가로누워 있다. 들판 한가운데 도랑을 따라 길이 나 있고 전봇대가 일렬로 비스듬히 꽂혀 있다. 길은 끝에 이르러 제방에 막혀 돌아서 논둑을 타고 씨줄과 날줄로 겹친다. 바람이 심하게 불던 날 후드점퍼를 머리끝까지 뒤집어쓰고 제방 위에 올라가본 적이 있다. …(중략)… 저물녘 검붉게 빛나는 뻘밭에 철새의 무리들이 내려와 샛강을 향해 돌아서 있었다. 샛강은 갈대밭 중간에서 좀 더 사행을 거듭한 다음 미처 뒷걸음질을 칠 겨를도 없이 한강에 끌려들고 만다.

– 윤대녕, 「누가 걸어간다」에서

까우욱. 까우욱.

어느 틈에 날아왔는지 길 옆 밭고랑마다 수많은 까마귀들이 구물거리고 있었다. 온 세상 가득히 내려 쌓이는 풍성한 눈발 속에 저희들끼리만 모여서 새까맣게 구물거리며 놈들은 그 음산함과 불길함을 역병처럼 퍼뜨리고 있는 것이었다. 얼핏, 쏟아지는 그 눈발 속에서 나는 얼어붙은 땅 밑에 새우등으로 웅크리고 누운 누군가의 몸 뒤척이는 소리를 들었다. 아버지였다. 손발이 묶인 아버지가 이따금 돌아누우며 낮은 신음을 토해내고 있었다. 나는 황량한 들판 가운데에 서서 그 몸집이 크고 불길한 새들의 펄렁거리는 날갯짓과 구물거리는 모습을 오래오래 지켜보았다.

머리 위로 눈은 하염없이 쏟아져내리고 있었다. 함박눈이었다. 굵고 탐스러운 눈송이들은 세상을 가득 채워버리려는 듯이 밭고랑을 지우고, 밭둑을 지우고, 그 위에 선 내 발목을 지우고, 구물거리는 검은 새떼를 지우고, 이윽고는 들판과 또 마주 바라뵈는 거대한 산의 몸뚱이마저도 하얗게 하얗게 지워가고 있었다. 그것은 어머니가 새벽마다 샘물을 길어와 소반 위에 떠서 올려놓곤 하던 바로 그 사기대접의 눈부시도록 하얀 빛깔이었다.

– 임철우, 「아버지의 땅」에서

첫 번째 예문이 눈에 보이는 대로의 풍경을 묘사한 것이라면 두 번째 예문에서는 풍경 묘사에 녹아 들어간 글쓴이의 심리를 읽을 수 있다. 아버지에 대한 원망이 이해로 돌아서는 동시에 하얀 눈에서 어머니의 정성을 연상하는 마음이 모든 것을 지우는 함박눈에 대한 묘사로 잘 표현되어 있다.

'오늘'이란 너무 평범한 날인 동시에 과거와 미래를 잇는 가장 소중한 시간이다.
-괴테

생각해보기

1. 다음을 묘사해보시오.

우리 동네 :

_____

_____

_____

_____

_____

_____

_____

_____

자신의 얼굴 :

_____

_____

_____

_____

_____

_____

_____

_____

2. 다음은 책에 대한 묘사이다. 이를 참고로 해서 자신이 갖고 있는 책들의 여러 가지 모양을 묘사해 보시오.

물질 이상인 것이 책이다. 한 표정 고운 소녀와 같이, 한 그윽한 눈매를 보이는 젊은 미망인처럼 매력은 가지가지다. 신간란에서 새로 뽑을 수 있는 잉크 냄새 새로운 것은, 소녀라고 해서 어찌 다 그다지 신선하고 상냥스러우랴! 고서점에서 먼지를 털고 겨드랑 땀내 같은 것을 풍기는 것들은 자못 미망인다운 함축미인 것이다.

– 이태준, 「책」에서

제3장
서사하는 글

서사는 사건 즉 '무엇이 일어났는가'를 쓰는 것이다. 그러나 우리를 둘러싼 세계에서 일어난 모든 사건들이 의미를 가지는 것은 아니다. 그러면 어떤 사건이 의미 있는 사건인가?

지금까지 나의 삶을 되돌아보자. 일어난 모든 사건들이 의미 있는 것은 아닐 것이다. 몇 개의 의미 있는 사건을 통해 오늘의 내가 이루어졌다고 할 수 있다. 즉 의미 있는 사건이란 내 삶에 영향을 끼치고 내 삶을 변화시킨 계기가 된 사건을 말하는 것이다. 이처럼 의미 있는 사건들을 기록하는 것이 서사이다.

그리고 의미있는 사건을 기록하되, 시간적 전개과정에 따라 기술하는 것이다. 달리 말한다면 시간 경과에 따라 사건의 추이나 행동의 변화를 인과적으로 기술하는 것을 서사라고 할 수 있다. 서사문에는 일기, 기사문, 자서전, 회고록, 역사 서술, 소설, 서사시, 동화, 신화, 르포르타주 등이 포함된다.

의미있는 사건을 선정하고 그 전모를 파악한 후에는 어떤 시점에서 쓸 것인가를 정해야 한다. 시점은 사건을 바라보는 시각을 의미하므로 '어떤 시점에서 쓰는가'는 '누가 이야기하는가'와 '그 사건에 얼마나 관계하고 있는가'를 내포한다. 즉 객관적 입장에서

거리를 유지한 채 쓸 것인가, 혹은 느낌을 보다 생생하게 전달할 것인가를 정한 뒤 서사문을 시작한다.

　서사문은 크게 1인칭 서술과 3인칭 서술로 구분한다. 화자가 '나'로 나타나는 경우 1인칭 서사문이고 그렇지 않은 경우는 3인칭 서사문이라고 한다. 그리고 사건의 시간적 공간적 배경을 활용하고 사건의 앞 뒤 관계나 문맥적 연관성 등을 구체적으로 제시해야 한다.

　어느 해 봄 나는 혈액암에 걸렸다. 오랫동안 치료를 받으면서 나에게 남은 것은 고독, 슬픔, 좌절 같은 쓸쓸한 단어들이었다. 감정을 피폐화시키는 방법을 배운 것도 그때였다. 병든 몸 사이사이로 계절이 몇 번 지나가는 동안 삶은 차츰 세상과 멀어져갔고, 나는 그림을 그리기 시작했다.(중략)

　몇 년 후 다시 봄이 왔을 때, 나를 괴롭히던 혈액암은 흔적을 감추기 시작했다. 병이란 사랑과도 같은 것이란 생각이 들었다. 그림을 그리는 일도 마찬가지였을 것이다. 굳이 손 내밀지 않아도 다가오고, 또 사라지는 것.

　　　　　　　　　　　　　　　　　　　　　　　　　　　　　　　－ 지미, 「왜?」에서

　십대 시절엔 집단 린치를 많이 당했다. 물론 그 시절엔 그런 일들이 전(全) 사회적으로 비일비재하게 일어나기도 했다(뭐, 지금도 크게 변한 거 같진 않지만). 친구들과 즐겁게 길을 걷고 있는데 어디선가 갑자기 짜안, 하고 맥가이버 머리를 한 형님들이 나타나 허어, 이런 귀여운 청춘들을 봤나, 형들이 집엘 가야 하는데 회수권을 안 갖고 나왔지 뭐냐, 니들이 좀 꿔줘야겠다, 하는 일들 말이다. 그러다가 회수권에 나이키 운동화, 아식스 점퍼까지 꿔주고, 덤으로 뺨 몇 대와 말도 안 되는 훈계(공부 열심히 해라, 효도해라, 밤늦게 다니지 마라 등등)까지 들어야 하는, 그런 일들.(중략)

　당시 나는 열여섯 살이었다. 일요일 저녁이었고, 혼자 목욕탕에 가던 길이었다. 다음날 신체검사가 있었기 때문이었다. 일찌감치 저녁을 먹고, 마이클 잭슨 노래를 흥얼흥얼거리며 동네 골목길을 지나가고 있었다. 아, 내일 가슴둘레가 적어도 구십은 나와야 할 텐데, 남자는 역시 '가빠'가 있어야 하는데. 그런 생각을 하며 괜스레 가슴에 빡, 힘을 줘보기도 했다. 그러다가 다시 '삐릿!' 마이클 잭슨 노래를 부르고...... 그렇게 골목길을 걸어가다가, 바로 그 문제의 빨주노초파남보들을 만난 것이었다. 형형색색 티셔츠를 입은 아이들이 짜잔! 독수리 오형제처럼 내 앞에 나타난 것이었다. 그러니까, 다시 말해 골목길에 무지개가 뜬 것이었다.

                                – 이기호, 「갈팡질팡하다가 내 이럴 줄 알았지」에서

큰 한길만 따라 걷던 엄마가 전찻길이 끝나는 데서부터 골목길로 접어들었다. 그때부터 우리가 앞장서고 지게꾼은 뒤졌다. 꼬불꼬불한 골목길은 천엽 속처럼 너절하고 복잡하고 끝이 없이 험했다. 짐을 가지고 전차를 탈 수 있었을텐데 못 이기는 체 지게꾼을 산 까닭을 알 수 있었다.

"막걸리 값이나 더 얹어 주셔야겠는뎁쇼." 저만큼 뒤처진 지게꾼이 헉헉대면서 새로운 흥정을 걸어왔다. 엄마는 대답하지 않았다. 꼬불꼬불한 오르막길이 마침내 사다리를 세워놓은 것 같은 좁다란 층층대로 변했다.

"마님, 마님, 이러구두 상상꼭대기가 아니라굽쇼?"

지게꾼이 숨이 턱에 닿아 비명을 질렀다. 이상한 동네였다. 시골집의 한데 뒷간만한 집들이 상자갑을 쏟아부어 놓은 것처럼 아무렇게나 밀집돼 있었다. 내가 송도라는 대처에서 최초로 목격한 것도 사람과 집들의 이런 밀집상태였다.

그러나 나를 압도하고 주눅들게 한 건 밀집 그 자체가 아니라 그걸 다스리는 질서였다. 질서란 밀집에 아름다움을 부여하는 그 무엇이었다. 그것이 자연 그대로의 상태에 제멋대로 방목되었던 계집애를 한 눈에 주눅들게 한 것도 사실이지만 한 눈에 매혹한 것도 사실이었다.

                                – 박완서, 「엄마의 말뚝1」에서

다음은 기행문의 예이다. 기행문은 여러 장소를 다니면서 보고 듣고 느낀 것을 적은 글이다. 이동하는 공간의 특징을 주로 적을 수도 있지만 그 공간 속에서 만나는 사람들이나 분위기에 대한 감상을 적을 수도 있다.

날이 춥다. 어디 급한 데 출장을 가는 사람처럼 챙겨 입고 아침 8시 5분 전에 춘천 시외버스 터미널에서 평창행 버스를 탔다. 타는 사람이 딱 두 사람이다.

평창 시댁에 제사를 지내러 가는 아주머니와, 아무 볼일도 없이 평창에 가는 나. 운전수가 투덜거린다.

"기름값도 안 나오는 길 가라니까 가야지 뭐."

춘천에서 출발한 버스는 홍천 터미널에서 잠시 정차했다. 대합실 안에 민간인보다 군인들이 더 많다. 군인들은 다 어디로 가는가. 홍천에서 딱 한 사람이 탔다.

다시 버스는 출발했다. 세 사람 탄 버스 안이 지나치게 덥다. 운전수는 난방을 사정없이 틀어놓고 트롯 메들리도 신나게 틀어댄다. 슬슬 잠이 쏟아지려고 하는데 횡성 터미널이다. 홍천과는 달리 사람이 텅 빈 차부. 20분을 정차하겠다고 말해놓고 운전수는 어디론가 횅하니 가 버린다. 아침을 안 먹어서 배가 출출하다. 국밥집이라고 쓰여 있어 문을 열어 보려고 했는데 잠겨 있다.

"거기 장사 안한대요. 여기로 와요."

나를 부른 사람은 신신서울상회 주인 최노인이다. 최노인의 가게에서 따뜻한 베지밀 한 병과 보름달 빵 하나를 샀다. 꼭 먹고 싶다는 것보다 어쩐지 그런 데서는 그런 음료에 그런 빵을 먹어야만 할 것 같은 기분이 들어서였다.

연탄난로를 끼고 앉은 최노인이 커피 들겠냐고 묻는다. 최노인이 타주는 커피는 4백원. 한 달 가게세도 안 나와 올 겨울만 넘기면 최노인은 가게일 그만두고 원주 집으로 돌아가겠다고 한다.

"요새는 마트라는 게 생겨가지고 장사 안돼요. 자가용 타고 마트 가서 싣고 가면 그만인데, 이런 데 누가 옵니까."

그는 하루종일 연탄난로를 끼고 앉아 오지 않는 손님 기다리며 '테레비' 보는 것도 중노동이라고 했다.

– 공선옥, 「가을 끝, 강원도 국도변을 헤매다」에서

기사문은 서사문의 하나로 신문 잡지 등에 쓰는 글이다. 보통 '언제, 어디서, 누가, 무엇을, 어떻게, 왜'라는 6하원칙에 근거하여 쓴다.

중소벤처기업부가 소재·부품·장비 분야 중소기업의 기술자립을 위해 소부장 전용 기술이전 연구개발 사업을 추진한다. 중기부는 4일 대학이나 연구소에서 핵심기술을 이전받은 소부장 분야 중소기업이 기술을 상용화할 수 있도록 '테크브릿지 활용 상용화 기술개발사업'을 시행한다고 밝혔다. 테크브릿지는 기술보증기금에서 운영중인 온라인 기술유통 플랫폼이다.

중기부는 2027년까지 총사업비 2525억원(정부 1912억원, 민간 613억원) 규모로 240개 과제를 지원할 계획이다. 올해는 50개 과제에 130억원을 지원한다. 상반기에 약 30개를 지원하고, 6월에 공고해 하반기에 약 20개를 지원한다는 방침이다. 기업당 최대 2년, 정부 출연금 75%까지 8억원 한도에서 지원한다. 기술개발 자금 외에도 기술보증기금에서 운영중인 지적재산권 인수 보증·사업화 보증과도 연계한다.

올해 지원 대상 과제는 기술수요조사를 통해 발굴된 과제 중 전문가 검토로 확정된 공모과제(REP) 183건이다. 중기부는 중소기업이 공모과제에 대해 제출한 사업계획서를 평가해 이 중 50건을 선정할 계획이다.

이 사업은 소부장 분야 중소기업의 기술 경쟁력을 강화하고 국산화를 촉진하기 위해 지난해 8월 국무회의에서 예비타당성조사가 면제된 사업이다. 원영준 중기부 기술혁신정책관은 "이 사업이 공공기술의 이전·활용 생태계 조성에 기여할 것으로 기대하고 있다"며 "소부장 분야 핵심기술이 중소기업에 이전되고 상용화될 수 있도록 과기부·산업부와 협업을 강화할 계획"이라고 말했다.

– 「'소재·부품·장비 기업' 중기부, 2525억원 지원」 –2027년까지 240개 R&D 과제–

– 「한겨레」, 2020.3.4

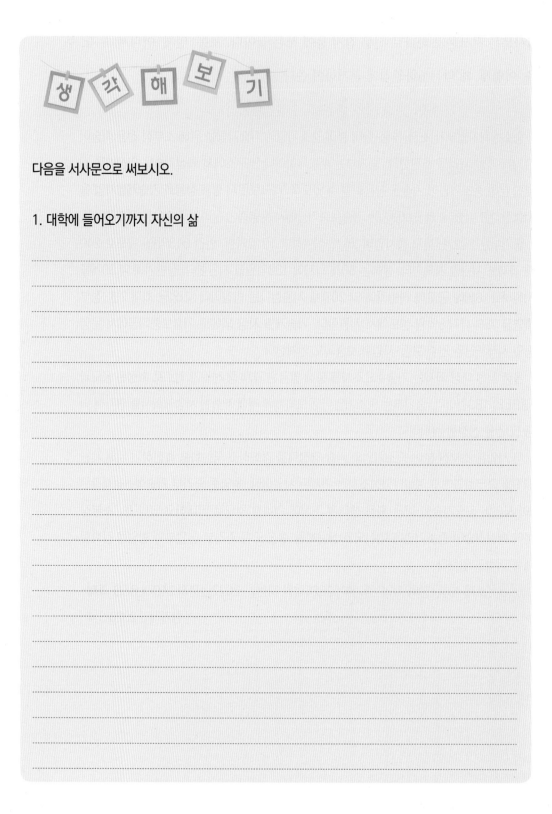

생각해보기

다음을 서사문으로 써보시오.

1. 대학에 들어오기까지 자신의 삶

2. 영화 「빌리엘리어트」에 나타난 빌리의 인생

과제 4

학 과

학 번

이 름

제출일   20 .   .   .

이 세상에서 가장 행복한 사회는 어떠할까 상상해서 써 봅시다.

절
취
선

제4장
리포트 쓰기의 실제

리포트는 조사나 연구의 보고서, 잡지 신문 방송에서 하는 보도, 그리고 대학에서 과제로 제출하는 짧은 논문을 뜻한다. 논문의 특성과 작성 원리에 대해 알아보자.

1. 논문이란?

논문이란 연구결과를 일정한 형식에 맞춰 논증하는 글쓰기이자 새로운 사실과 주장을 논리적으로 증명하는 글쓰기이다. 어떤 문제에 대한 학술적인 연구 결과를 체계적(대개 서론, 본론, 결론 세 단계로 구성)으로 서술해야 하며 어떤 문제에 대해 분석하고 조사한 결과를 구체적 근거로 제시하면서 필자의 주장을 입증해야 한다. 곧 주장이 없는 글이나 주장이 있어도 합리적인 근거가 없는 글은 논문이라고 볼 수 없다.

따라서 논증이 중요하다고 할 수 있는데, 논증이란 자신의 주장을 객관적 논거(이미 알려진 사실, 논리적 이유)를 사용하여 상대방을 납득시키는 의사소통 행위이다.

곧 하나의 결론과 그것을 뒷받침하는 하나 혹은 둘 이상의 전제들로 구성된 진술들의 집합이다.

2. 논문의 종류

- 학술논문: 새로운 견해를 제시함으로써 학문의 발전에 공헌하는 논문으로 학위 논문 이나 졸업논문이 해당된다.

- 소논문 : 본격적인 학술논문은 아니지만 논문의 격식과 특징을 어느 정도 갖춘 논문으로 학술논문과 비슷하나 분량이 적다.

3. 논문 작성의 기본 원칙

- 자신의 문제의식으로부터 출발해야 한다

- 독창적이고 새로운 내용을 담아야 한다. 자료, 방법론, 결론이 새로워야 한다.

- 해결 가능한 주제를 선택해야 한다.

- 기존 연구 검토와 자료 조사, 자료 수집이 이루어져야 한다.

- 근거가 타당해야 하며, 체제의 통일성을 갖춰야 한다.

- 인용은 정확하고 철저해야 한다.

4. 논문의 체제

- 표지

- 목차

- 본문(서론, 본론, 결론, 각주를 포함한다)

- 참고문헌

5. 논문 작성의 주요 과정

1) 주제 선정

주제(subject)란 필자가 말하고자 하는 중심 생각이다.

주제는 분명하고 구체적이어야 한다. 자신이 잘 알고 있거나 관심을 가지고 있는 것 중에서 선택하여 그 범위를 명확히 해야 한다.

(막연한) 가주제 → 주제 한정 → (구체적인) 참주제

주제 선정의 단계는 쓸거리 → 쓸거리에 대한 분석 → 연구 범위 한정 → 주제의 구체화의 순으로 한다. 쓸거리를 정할 때 마인드맵이나 브레인스토밍을 활용하고 쓸거리를 분석할 때 학위논문이나 참고문헌을 활용한다. 기존 연구 자료를 검토할 때 문제점은 없는지, 간과된 점은 없는지, 비판적 관점으로 재검토해야 한다. 자신이 가장 잘 할 수 있는 주제를 찾는 것이 관건이다.

연습) 주제 : 지구 온난화

브레인 스토밍 : 엘리뇨, 라니냐, 온실효과, 탄소발자국, 후진국, 기후협약, 그린피스, 윤리적 선택, 경제논리, 자전거, 화석연료, 오존층 파괴, 북극곰, 빙하, 해수면 상승, 사막화, 거대태풍, 다국적 기업, 지구멸망, 풍력발전....

모아진 생각들 중 중심생각을 정하고 서로 관련있는 것끼리 연결지어 마인드맵을 그려본다.

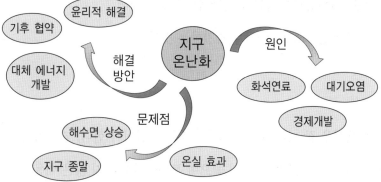

2) 자료 조사 및 정리

자료는 1차 자료와 2차 자료로 구분한다. 1차 자료는 연구의 대상이 되는 자료로서 자연 현상, 실험, 책, 영화텍스트와 같은 직접적 자료를 뜻한다. 2차 자료는 1차 자료를 주제에 맞추어 분석, 평가, 해석하기 위해 활용하는 자료를 의미한다. 주제에 대한 기존 연구물 곧 학위논문, 학술지 수록 논문, 저서, 인터넷 문서, 신문이나 잡지 기사와 같은 간접적 자료들이다.

자료 조사는 독자를 설득하기 위해서 그리고 주장의 초점을 명확하게 하기 위해서 필요하다. 글쓴이 자신의 견해만으로는 주장의 타당성을 입증할 수 없기 때문에 독자를 설득하기 어려우며, 다른 글쓴이의 글에서 정보를 제공받거나 믿을 만한 전거를 인용하면 주장의 초점이 명확해진다.

자료를 검색할 때 유의사항은 다음과 같다.

권위 있는 업적을 선별하여 수집해야 한다. 단행본은 출판사를, 연구논문은 학술지를 확인한다.

출판연도는 가능한 최근의 자료를 우선 수집한다.

웹자료를 검색할 경우, 먼저 정보의 질을 평가하여 선택 여부를 결정한다.

인터넷 자료는 부정확한 것도 많으므로 인터넷 검색을 넘어서야 한다.

원전(原典)을 찾아 읽어야 한다. 대학 도서관이나 학술논문 서비스 등을 활용하고

국회도서관, 국립중앙도서관을 적극적으로 활용한다.

가장 중요한 것은 자료의 출처를 명기하는 것이다.

3) 제목 붙이기

리포트의 핵심을 잘 나타내는 함축적인 제목을 달아야 한다. 지나치게 일반적인 제목이 아니라 좁고 깊게 선택하는 것이 좋으며 본문에서 다루지 않은 내용은 언급하지 말아

야 한다.

주제를 구체적으로 드러낼 수 있는 제목을 붙이도록 한다.

예) 카풀 서비스에 대한 연구 → 카풀 서비스와 사회갈등

영화 '소공녀'를 보고 → 영화에 나타난 청년의 삶 연구

4) 목차 작성

목차를 작성할 때 전체의 주제와 각 장의 제목들이 유기적 연관성이 있는지 살펴야 하며(통일성), 앞의 목차와 다음 목차 사이에 연관성이 있는지, 그 항목이 꼭 필요한지 점검하고(연결성), 주제를 효과적으로 전달하기 위해 핵심부분을 강조했는지 살핀다(강조성).

예) 주제 : 맛있는 드라마, 맛깔 나는 영화

서론 : 음식과 연애를 다루는 드라마와 영화

본론 : 1) 음식의 속성과 인간 욕망의 유사성

궁합, 숙성, 성장, 욕망 등을 언급한다

2) 오감의 자극과 스토리 결합의 감각성

연애와 음식의 볼거리 제공과 긴장감

결론 : 의의와 한계

5) 원고 작성

6) 검토와 수정

7) 인용

인용이란 다른 글쓴이의 글 가운데 필요한 부분을 빌려오는 것을 의미한다.

인용은 직접 인용과 간접 인용으로 구분한다.

직접인용은 원문을 그대로 인용하는 경우, 원문을 그대로 인용하지 않으면 독자가 오해할 소지가 있는 경우, 원문의 글쓴이가 표현하고 있는 글의 모습 그대로를 인용해야 할 경우 사용한다. 인용의 대상이 되는 단어나 구는 작은 따옴표를, 절이나 문장은 큰 따옴표를 붙인다.

3행이 넘는 글을 길게 인용할 때 새로운 단락을 만들어 위아래로 한 행을 띄고 본문 보다 안으로 들여 쓴다. 인용한 구절이나 문장의 끝부분에 주석을 달아 출처를 밝힌다.

간접인용은 다른 사람의 생각을 자신의 글의 목적에 맞도록 활용하기 위해 자신의 표현으로 일부 수정하여 옮겨 적는 것을 뜻한다. 요약을 인용하거나 표현을 바꿔 인용한다.

인용시 주의할 점은 다음과 같다.

꼭 필요한 경우에만 인용한다. 모든 인용은 그 출처를 정확하게 밝혀야 한다.

공식적으로 검증되었거나 권위를 인정받고 있는 자료를 인용한다. 기본적으로 인용문의 용어나 생각을 왜곡하지 않고 사용해야 한다.

8) 주석

주석이란 주장을 보다 효율적으로 전개하기 위해 관련된 논의를 보충할 때 본문과 별도로 삽입하는 내용이다.

참고주는 자신이 참조한 글의 서지 사항만을 정해진 양식에 입각하여 기록해놓는 것이며 내용주는 본문 내용의 보충을 위해 관련 논의를 부여해 놓는 것이다.

한글 파일에서 주석을 다는 방식은 입력 → 주석 → 각주

① 참고주와 내용주의 예

> 4학년이 되면서 웬만한 취업설명회나 선배와의 만남자리는 빠지지 않았는데, 적어도 김지영씨가 갔던 행사장에 여자 선배는 없었다. 김지영씨가 졸업하던 2005년, 한 취업 정보사이트에서 100여 개 기업을 조사한 결과 여성 채용 비율은 29.6퍼센트였다. 겨우 그 수치를 두고도 여풍이 거세다고들 했다.[1] 같은 해 50개 대기업 인사 담당자 설문조사에서는 '비슷한 조건이라면 남성지원자를 선호한다'는 대답이 44퍼센트였고, '여성을 선호한다'는 사람은 한명도 없었다.[2] – 조남주, 『82년생 김지영』에서
>
> ─────────
> 1) 「키워드로 본 2005 취업시장」, 『동아일보』, 2005.12.14.
> 2) 「신입사원 채용시 외모, 성차별 여전」, 『연합뉴스』, 2005.7.11.

> 이 '열정'을 유지하기 위해서는 창의성을 도모해주는 환경과 자원들이 필요하다. 창의적 자극을 받을 수 있는 다양한 교구와 개방적인 대화패턴을 통한 정보 획득, 다양한 분야의 사람들을 연결하는 지원체계, 창의적인 생각을 지지해 줄 수 있는 협조자들을 구축하는 것이 중요한데 이런 여건을 만들어 내기 위한 한 방법으로 스키마를 토대로 한 내용생성하기 전략을 생각해 볼 수 있다.[2]
>
> ─────────
> 2) 스키마 전략을 바탕으로 자기주도적 학습이론과 대화주의 작문이론을 구체적으로 실행하기 위한 글쓰기 전략은 계획하기 전략 – 내용생성하기 전략 – 내용조직하기 전략 – 표현하기 전략 – 고쳐쓰기 전략 – 조정하기 전략의 순으로 볼 수 있다. 이는 기존의 작문의 절차를 주로 주제 설정 → 글감 선정 → 내용 마련 → 개요 작성 → 글쓰기 → 퇴고로 보던 관점에서 조금 더 그 과정을 미세분화한 것이다.

② 주석달기의 예

- 저자명, 『서명』, 발행처, 출판년도, 인용면수.

  최은영, 『쇼코의 미소』, 문학동네, 2016, 63쪽

- 저자명, 역자명,『 서명』, 발행처, 출판년도, 인용면수.

  알라이다 아스만, 변학수·채연숙 옮김, 『기억의 공간』, 그린비, 2018, 101-105쪽.

- 집필자명, 「논제」, 『간행물명』 권호수, 발행지(발행처), 출판년도, 인용면수.

  이철승, 「세대, 계급, 위계 : 386세대의 집권과 불평등의 확대」, 『한국사회학회』,

  Vol. 53, 한국사회학회, 2019, 50쪽.

· 자신의 저서 : 졸저(拙著)라고 쓰기도 함.

· 공저인 경우 : 저자가 세 사람 이하면 이름을 모두 쓰고, 그 이상이면 최초 저자명을

  쓴 후 '외 몇 명'이라고 약기

· 학술단체, 협회, 정부 기관 등의 법인이 저자인 경우에는 그 법인명을 기록

· 번역자 : 성명뒤에 '역', '옮김'을 붙임

  수잔손택, 이재원 옮김, 『은유로서의 질병』, 이후, 2002, 36쪽.

· 연극, 영화를 인용할 때

  부지영(감독), 『카트』, 염정아(주연), 명필름, 2014.

  강은경, 『낭만닥터 김사부2』, SBS, 2020.1.6.

· 인터넷 자료 인용하거나 참고한 경우

  집필자명, 글의 제목, 웹사이트 이름, 갱신 일자(웹사이트 주소, 자료를 본 날짜)

  http://kr.drama.yahoo.com/xfile/xfile0014.htm (2019-08-07).

  인터넷 자료를 이용할 때는 방문 날짜까지 명기

· 약식 주석 달기

  위의 책(상게서, Ibid., 위의 글, 같은 책, 같은 글) : 바로 앞의 주에서 인용한 서적이

  나 논문을 반복 사용할 경우에 쓴다.

  앞의 책(전게서, Op. cit., 앞의 글, 앞의 논문) : 바로 위에서가 아니라, 앞의 어디에선

  가 일단 인용했던 글을 다시 인용하는 경우에 쓴다.

9) 참고문헌

참고문헌은 본문에 인용한 자료와 해당 리포트에 영향을 주었다고 생각되는 모든 자료를 말한다.

참고문헌을 표기할 때 유의 사항은 다음과 같다.

여러 번 인용되었던 자료라도 한 번만 제시한다. 주석란과 달리, 인용면수를 적지않는다. 인용순서와 상관없이 저자명은 가나다순(동양서) 알파벳순(서양서)으로 적으며 국문으로 된 문헌을 먼저 적는다.

서양인 이름은 주석란에는 '이름 → 성'의 순서로, 참고문헌란에는 '성 → 이름' 순서로 명기한다. 서양인의 경우, 혼동의 우려가 있다면 약식이 아닌 온전한 이름을 표기한다. 특정단체가 저술의 책임을 진 경우에는 단체 이름이 저자 자리에 온다.

동일 저자가 쓴 논저가 여러 개일 경우, 간행연도가 빠른 것에서 나중의 것 순으로 배열한다. 한 필자의 문헌을 여러 개 나열할 경우, 처음에만 이름을 적고 나머지는 줄표를 그어 이름을 대신한다.

예시)

1. 국내자료

강만길, 『한국현대사』, 창작과비평사, 1985.

권명아, 『가족이야기는 어떻게 만들어지는가』, 책세상, 2000.

김경, 『남은 고양이』, 창비, 2020.

우미영, 「근대초기소설에 나타난 '질병'의 의미」, 『현대소설연구』 24권, 2004.

이수영, 「한국 근대문학의 형성과 미적 감각의 병리성」, 『민족문학사연구』 26집,
2004.

이재선, 『현대소설의 서사주제학』, 문학과지성사, 2007.

홍성식 외, 『타문화의 수용』, 월인, 2002.

2. 국외자료

샌델 마이클, 안진환 옮김, 『왜 도덕인가?』, 한국경제신문, 2010.

프레초 마크, 조효제 옮김, 『인권사회학의 도전』, 교양인, 2020.

부 록

한글 맞춤법, 문장부호 및 외래어·로마자 표기법

1. 한글 맞춤법

2. 문장부호

3. 외래어·로마자 표기법

1. 한글 맞춤법

문화체육관광부고시 제2017-12호

제1장 총칙

제1항 한글 맞춤법은 표준어를 소리대로 적되, 어법에 맞도록 함을 원칙으로 한다.

제2항 문장의 각 단어는 띄어 씀을 원칙으로 한다.

제3항 외래어는 '외래어 표기법'에 따라 적는다.

제2장 자모

제4항 한글 자모의 수는 스물넉 자로 하고, 그 순서와 이름은 다음과 같이 정한다.

ㄱ(기역)	ㄴ(니은)	ㄷ(디귿)	ㄹ(리을)	ㅁ(미음)
ㅂ(비읍)	ㅅ(시옷)	ㅇ(이응)	ㅈ(지읒)	ㅊ(치읓)
ㅋ(키읔)	ㅌ(티읕)	ㅍ(피읖)	ㅎ(히읗)	
ㅏ(아)	ㅑ(야)	ㅓ(어)	ㅕ(여)	ㅗ(오)
ㅛ(요)	ㅜ(우)	ㅠ(유)	ㅡ(으)	ㅣ(이)

[붙임 1] 위의 자모로써 적을 수 없는 소리는 두 개 이상의 자모를 어울러서 적되, 그 순

　　　　서와 이름은 다음과 같이 정한다.

　　　　ㄲ(쌍기역)　　ㄸ(쌍디귿)　　ㅃ(쌍비읍)　　ㅆ(쌍시옷)　　ㅉ(쌍지읒)

　　　　ㅐ(애)　　　　ㅒ(얘)　　　　ㅔ(에)　　　　ㅖ(예)　　　ㅘ(와)　　ㅙ(왜)

　　　　ㅚ(외)　　　　ㅝ(워)　　　　ㅞ(웨)　　　　ㅟ(위)　　　ㅢ(의)

[붙임 2] 사전에 올릴 적의 자모 순서는 다음과 같이 정한다.

　　　자음: ㄱ　ㄲ　ㄴ　ㄷ　ㄸ　ㄹ　ㅁ　ㅂ　ㅃ　ㅅ　ㅆ　ㅇ

　　　　　　ㅈ　ㅉ　ㅊ　ㅋ　ㅌ　ㅍ　ㅎ

　　　모음: ㅏ　ㅐ　ㅑ　ㅒ　ㅓ　ㅔ　ㅕ　ㅖ　ㅗ　ㅘ　ㅙ　ㅚ

　　　　　　ㅛ　ㅜ　ㅝ　ㅞ　ㅟ　ㅠ　ㅡ　ㅢ　ㅣ

제3장 소리에 관한 것

제1절 된소리

제5항 한 단어 안에서 뚜렷한 까닭 없이 나는 된소리는 다음 음절의 첫소리를 된소리로
적는다.

　　1. 두 모음 사이에서 나는 된소리

　　　소쩍새　　　어깨　　　　오빠　　　　　으뜸　　　　　아끼다

　　　기쁘다　　　깨끗하다　　어떠하다　　　해쓱하다　　　가끔

　　　거꾸로　　　부썩　　　　어찌　　　　　이따금

　　2. 'ㄴ, ㄹ, ㅁ, ㅇ' 받침 뒤에서 나는 된소리

　　　산뜻하다　　잔뜩　　　　살짝　　　　　훨씬　　　　　담뿍

움찔   몽땅   엉뚱하다

다만, 'ㄱ, ㅂ' 받침 뒤에서 나는 된소리는, 같은 음절이나 비슷한 음절이 겹쳐 나는

경우가 아니면 된소리로 적지 아니한다.

국수   깍두기   딱지   색시 싹둑(~싹둑)

법석   갑자기   몹시

제2절 구개음화

제6항 'ㄷ, ㅌ' 받침 뒤에 종속적 관계를 가진 '-이(-)'나 '-히-'가 올 적에는 그 'ㄷ, ㅌ'이

'ㅈ, ㅊ'으로 소리 나더라도 'ㄷ, ㅌ'으로 적는다.(ㄱ을 취하고, ㄴ을 버림.)

ㄱ	ㄴ		ㄱ	ㄴ
맏이	마지	ǀ	핥이다	할치다
해돋이	해도지	ǀ	걷히다	거치다
굳이	구지	ǀ	닫히다	다치다
같이	가치	ǀ	묻히다	무치다
끝이	끄치	ǀ		

제3절 'ㄷ' 소리 받침

제7항 'ㄷ' 소리로 나는 받침 중에서 'ㄷ'으로 적을 근거가 없는 것은 'ㅅ'으로 적는다.

덧저고리   돗자리   엇셈   웃어른   핫옷

무릇   사뭇   얼핏   자칫하면   뭇[衆]

옛   첫   헛

제4절 모음

제8항 '계, 례, 몌, 폐, 혜'의 'ㅖ'는 'ㅔ'로 소리 나는 경우가 있더라도 'ㅖ'로 적는다.(ㄱ을 취하고, ㄴ을 버림.)

ㄱ	ㄴ		ㄱ	ㄴ
계수(桂樹)	게수		혜택(惠澤)	헤택
사례(謝禮)	사레		계집 게집	
연몌(連袂)	연메		핑계 핑게	
폐품(廢品)	페품		계시다	게시다

다만, 다음 말은 본음대로 적는다.

    게송(偈頌)   게시판(揭示板) 휴게실(休憩室)

제9항 '의'나, 자음을 첫소리로 가지고 있는 음절의 'ㅢ'는 'ㅣ'로 소리 나는 경우가 있더라도 'ㅢ'로 적는다.(ㄱ을 취하고, ㄴ을 버림.)

ㄱ	ㄴ		ㄱ	ㄴ
의의(意義)	의이		닝큼	닁큼
본의(本義)	본이		띄어쓰기	띠어쓰기
무늬[紋]	무니		씌어	씨어
보늬	보니		틔어	티어
오늬	오니		희망(希望)	히망
하늬바람	하니바람		희다	히다
늴리리	닐리리		유희(遊戲)	유히

제5절 두음 법칙

제10항 한자음 '녀, 뇨, 뉴, 니'가 단어 첫머리에 올 적에는, 두음 법칙에 따라 '여, 요, 유, 이'로 적는다.(ㄱ을 취하고, ㄴ을 버림.)

ㄱ	ㄴ		ㄱ	ㄴ
여자(女子)	녀자	|	유대(紐帶)	뉴대
연세(年歲)	년세	|	이토(泥土)	니토
요소(尿素)	뇨소	|	익명(匿名)	닉명

다만, 다음과 같은 의존 명사에서는 '냐, 녀' 음을 인정한다.

냥(兩)　　　냥쭝(兩-)　　　년(年)(몇 년)

[붙임 1] 단어의 첫머리 이외의 경우에는 본음대로 적는다.

남녀(男女)　　　당뇨(糖尿)　　　결뉴(結紐)　　　은닉(隱匿)

[붙임 2] 접두사처럼 쓰이는 한자가 붙어서 된 말이나 합성어에서, 뒷말의 첫소리가 'ㄴ' 소리로 나더라도 두음 법칙에 따라 적는다.

신여성(新女性)　공염불(空念佛)　남존여비(男尊女卑)

[붙임 3] 둘 이상의 단어로 이루어진 고유 명사를 붙여 쓰는 경우에도 붙임 2에 준하여 적는다.

한국여자대학　　대한요소비료회사

제11항 한자음 '랴, 려, 례, 료, 류, 리'가 단어의 첫머리에 올 적에는, 두음 법칙에 따라 '야, 여, 예, 요, 유, 이'로 적는다.(ㄱ을 취하고, ㄴ을 버림.)

ㄱ	ㄴ		ㄱ	ㄴ
양심(良心)	량심		용궁(龍宮)	룡궁
역사(歷史)	력사		유행(流行)	류행
예의(禮儀)	례의		이발(理髮)	리발

다만, 다음과 같은 의존 명사는 본음대로 적는다.

리(里): 몇 리냐?

리(理): 그럴 리가 없다.

[붙임 1] 단어의 첫머리 이외의 경우에는 본음대로 적는다.

개량(改良)	선량(善良)	수력(水力)	협력(協力)
사례(謝禮)	혼례(婚禮)	와룡(臥龍)	쌍룡(雙龍)
하류(下流)	급류(急流)	도리(道理)	진리(眞理)

다만, 모음이나 'ㄴ' 받침 뒤에 이어지는 '렬, 률'은 '열, 율'로 적는다.(ㄱ을 취하고, ㄴ을 버림.)

ㄱ	ㄴ		ㄱ	ㄴ
나열(羅列)	나렬		분열(分裂)	분렬
치열(齒列)	치렬		선열(先烈)	선렬
비열(卑劣)	비렬		진열(陳列)	진렬
규율(規律)	규률		선율(旋律)	선률

비율(比率)	비률		전율(戰慄)	전률
실패율(失敗率)	실패률		백분율(百分率)	백분률

[붙임 2] 외자로 된 이름을 성에 붙여 쓸 경우에도 본음대로 적을 수 있다.

신립(申砬)   최린(崔麟)   채륜(蔡倫)   하륜(河崙)

[붙임 3] 준말에서 본음으로 소리 나는 것은 본음대로 적는다.

국련(국제 연합)   한시련(한국 시각 장애인 연합회)

[붙임 4] 접두사처럼 쓰이는 한자가 붙어서 된 말이나 합성어에서, 뒷말의 첫소리가 'ㄴ' 또는 'ㄹ' 소리로 나더라도 두음 법칙에 따라 적는다.

역이용(逆利用)   연이율(年利率)   열역학(熱力學)   해외여행(海外旅行)

[붙임 5] 둘 이상의 단어로 이루어진 고유 명사를 붙여 쓰는 경우나 십진법에 따라 쓰는 수(數)도 붙임 4에 준하여 적는다.

서울여관   신흥이발관   육천육백육십육(六千六百六十六)

제12항 한자음 '라, 래, 로, 뢰, 루, 르'가 단어의 첫머리에 올 적에는, 두음 법칙에 따라 '나, 내, 노, 뇌, 누, 느'로 적는다.(ㄱ을 취하고, ㄴ을 버림.)

ㄱ	ㄴ		ㄱ	ㄴ
낙원(樂園)	락원		뇌성(雷聲)	뢰성
내일(來日)	래일		누각(樓閣)	루각
노인(老人)	로인		능묘(陵墓)	릉묘

[붙임 1] 단어의 첫머리 이외의 경우에는 본음대로 적는다.

쾌락(快樂)	극락(極樂)	거래(去來)	왕래(往來)
부로(父老)	연로(年老)	지뢰(地雷)	낙뢰(落雷)
고루(高樓)	광한루(廣寒樓)	동구릉(東九陵)	가정란(家庭欄)

[붙임 2] 접두사처럼 쓰이는 한자가 붙어서 된 단어는 뒷말을 두음 법칙에 따라 적는다.

내내월(來來月)	상노인(上老人)	중노동(重勞動)	비논리적(非論理的)

제6절 겹쳐 나는 소리

제13항 한 단어 안에서 같은 음절이나 비슷한 음절이 겹쳐 나는 부분은 같은 글자로 적는다. (ㄱ을 취하고, ㄴ을 버림.)

ㄱ	ㄴ		ㄱ	ㄴ
딱딱	딱닥		꼿꼿하다	꼿곳하다
쌕쌕	쌕색		놀놀하다	놀롤하다
씩씩	씩식		눅눅하다	눙눅하다
똑딱똑딱	똑닥똑닥		밋밋하다	민밋하다
쓱싹쓱싹	쓱삭쓱삭		싹싹하다	싹삭하다
연연불망(戀戀不忘)	연련불망		쌉쌀하다	쌉살하다
유유상종(類類相從)	유류상종		씁쓸하다	씁슬하다
누누이(屢屢-)	누루이		짭짤하다	짭잘하다

제4장 형태에 관한 것

제1절 체언과 조사

제14항 체언은 조사와 구별하여 적는다.

떡이	떡을	떡에	떡도	떡만
손이	손을	손에	손도	손만
팔이	팔을	팔에	팔도	팔만
밤이	밤을	밤에	밤도	밤만
집이	집을	집에	집도	집만
옷이	옷을	옷에	옷도	옷만
콩이	콩을	콩에	콩도	콩만
낮이	낮을	낮에	낮도	낮만
꽃이	꽃을	꽃에	꽃도	꽃만
밭이	밭을	밭에	밭도	밭만
앞이	앞을	앞에	앞도	앞만
밖이	밖을	밖에	밖도	밖만
넋이	넋을	넋에	넋도	넋만
흙이	흙을	흙에	흙도	흙만
삶이	삶을	삶에	삶도	삶만
여덟이	여덟을	여덟에	여덟도	여덟만
곬이	곬을	곬에	곬도	곬만
값이	값을	값에	값도	값만

제2절 어간과 어미

제15항 용언의 어간과 어미는 구별하여 적는다.

먹다	먹고	먹어	먹으니
신다	신고	신어	신으니
믿다	믿고	믿어	믿으니
울다	울고	울어	(우니)
넘다	넘고	넘어	넘으니
입다	입고	입어	입으니
웃다	웃고	웃어	웃으니
찾다	찾고	찾아	찾으니
좇다	좇고	좇아	좇으니
같다	같고	같아	같으니
높다	높고	높아	높으니
좋다	좋고	좋아	좋으니
깎다	깎고	깎아	깎으니
앉다	앉고	앉아	앉으니
많다	많고	많아	많으니
늙다	늙고	늙어	늙으니
젊다	젊고	젊어	젊으니
넓다	넓고	넓어	넓으니
훑다	훑고	훑어	훑으니
읊다	읊고	읊어	읊으니

옳다	옳고	옳아	옳으니
없다	없고	없어	없으니
있다	있고	있어	있으니

[붙임 1] 두 개의 용언이 어울려 한 개의 용언이 될 적에, 앞말의 본뜻이 유지되고 있는 것은 그 원형을 밝히어 적고, 그 본뜻에서 멀어진 것은 밝히어 적지 아니한다.

(1) 앞말의 본뜻이 유지되고 있는 것

넘어지다	늘어나다	늘어지다	돌아가다	되짚어가다
들어가다	떨어지다	벌어지다	엎어지다	접어들다
틀어지다	흩어지다			

(2) 본뜻에서 멀어진 것

드러나다	사라지다	쓰러지다

[붙임 2] 종결형에서 사용되는 어미 '-오'는 '요'로 소리 나는 경우가 있더라도 그 원형을 밝혀 '오'로 적는다.(ㄱ을 취하고, ㄴ을 버림.)

ㄱ	ㄴ
이것은 책이오.	이것은 책이요.
이리로 오시오.	이리로 오시요.
이것은 책이 아니오.	이것은 책이 아니요.

[붙임 3] 연결형에서 사용되는 '이요'는 '이요'로 적는다.(ㄱ을 취하고, ㄴ을 버림.)

ㄱ	ㄴ
이것은 책이요, 저것은 붓이요, 또 저것은 먹이다.	이것은 책이오, 저것은 붓이오, 또 저것은 먹이다.

제16항 어간의 끝음절 모음이 'ㅏ, ㅗ'일 때에는 어미를 '-아'로 적고, 그 밖의 모음일 때에는 '-어'로 적는다.

    1. '-아'로 적는 경우

        나아   나아도   나아서

        막아   막아도   막아서

        얇아   얇아도   얇아서

        돌아   돌아도   돌아서

        보아   보아도   보아서

    2. '-어'로 적는 경우

        개어   개어도   개어서

        겪어   겪어도   겪어서

        되어   되어도   되어서

        베어   베어도   베어서

        쉬어   쉬어도   쉬어서

        저어   저어도   저어서

        주어   주어도   주어서

        피어   피어도   피어서

        희어   희어도   희어서

제17항 어미 뒤에 덧붙는 조사 '요'는 '요'로 적는다.

        읽어   읽어요

참으리   참으리요

좋지   좋지요

제18항 다음과 같은 용언들은 어미가 바뀔 경우, 그 어간이나 어미가 원칙에 벗어나면 벗어나는 대로 적는다.

1. 어간의 끝 'ㄹ'이 줄어질 적

갈다:	가니	간	갑니다	가시다	가오
놀다:	노니	논	놉니다	노시다	노오
불다:	부니	분	붑니다	부시다	부오
둥글다:	둥그니	둥근	둥급니다	둥그시다	둥그오
어질다:	어지니	어진	어집니다	어지시다	어지오

[붙임] 다음과 같은 말에서도 'ㄹ'이 준 대로 적는다.

마지못하다   마지않다   (하)다마다   (하)자마자

(하)지 마라   (하)지 마(아)

2. 어간의 끝 'ㅅ'이 줄어질 적

긋다:	그어	그으니	그었다
낫다:	나아	나으니	나았다
잇다:	이어	이으니	이었다
짓다:	지어	지으니	지었다

3. 어간의 끝 'ㅎ'이 줄어질 적

그렇다:	그러니	그럴	그러면	그러오
까맣다:	까마니	까말	까마면	까마오
동그랗다:	동그라니	동그랄	동그라면	동그라오
퍼렇다:	퍼러니	퍼럴	퍼러면	퍼러오
하얗다:	하야니	하얄	하야면	하야오

4. 어간의 끝 'ㅜ, ㅡ'가 줄어질 적

푸다:	퍼	펐다	|	뜨다:	떠	떴다
끄다:	꺼	껐다	|	크다:	커	컸다
담그다:	담가	담갔다	|	고프다:	고파	고팠다
따르다:	따라	따랐다	|	바쁘다:	바빠	바빴다

5. 어간의 끝 'ㄷ'이 'ㄹ'로 바뀔 적

걷다[步]:	걸어	걸으니	걸었다
듣다[聽]:	들어	들으니	들었다
묻다[問]:	물어	물으니	물었다
싣다[載]:	실어	실으니	실었다

6. 어간의 끝 'ㅂ'이 'ㅜ'로 바뀔 적

깁다:	기워	기우니	기웠다
굽다[炙]:	구워	구우니	구웠다
가깝다:	가까워	가까우니	가까웠다

괴롭다:	괴로워	괴로우니	괴로웠다
맵다:	매워	매우니	매웠다
무겁다:	무거워	무거우니	무거웠다
밉다:	미워	미우니	미웠다
쉽다:	쉬워	쉬우니	쉬웠다

다만, '돕-, 곱-'과 같은 단음절 어간에 어미 '-아'가 결합되어 '와'로 소리 나는 것은 '-와'로 적는다.

돕다[助]:	도와	도와서	도와도	도왔다
곱다[麗]:	고와	고와서	고와도	고왔다

7. '하다'의 활용에서 어미 '-아'가 '-여'로 바뀔 적

하다:	하여	하여서	하여도	하여라	하였다

8. 어간의 끝음절 '르' 뒤에 오는 어미 '-어'가 '-러'로 바뀔 적

이르다[至]:	이르러	이르렀다
노르다:	노르러	노르렀다
누르다:	누르러	누르렀다
푸르다:	푸르러	푸르렀다

9. 어간의 끝음절 '르'의 'ㅡ'가 줄고, 그 뒤에 오는 어미 '-아/-어'가 '-라/-러'로 바뀔 적

가르다:	갈라	갈랐다		부르다:		불러	불렀다

거르다:	걸러	걸렀다	|	오르다:	올라	올랐다
구르다:	굴러	굴렀다	|	이르다:	일러	일렀다
벼르다:	별러	별렀다	|	지르다:	질러	질렀다

제3절 접미사가 붙어서 된 말

제19항 어간에 '-이'나 '-음/-ㅁ'이 붙어서 명사로 된 것과 '-이'나 '-히'가 붙어서 부사로 된 것은 그 어간의 원형을 밝히어 적는다.

1. '-이'가 붙어서 명사로 된 것

| 길이 | 깊이 | 높이 | 다듬이 | 땀받이 | 달맞이 |
| 먹이 | 미닫이 | 벌이 | 벼훑이 | 살림살이 | 쇠붙이 |

2. '-음/-ㅁ'이 붙어서 명사로 된 것

| 걸음 | 묶음 | 믿음 | 얼음 | 엮음 | 울음 |
| 웃음 | 졸음 | 죽음 | 앎 | | |

3. '-이'가 붙어서 부사로 된 것

| 같이 | 굳이 | 길이 | 높이 | 많이 | 실없이 |
| 좋이 | 짓궂이 | | | | |

4. '-히'가 붙어서 부사로 된 것

| 밝히 | 익히 | 작히 |

다만, 어간에 '-이'나 '-음'이 붙어서 명사로 바뀐 것이라도 그 어간의 뜻과 멀어진 것은 원형을 밝히어 적지 아니한다.

굽도리   다리[髢]   목거리(목병)   무녀리

코끼리   거름(비료) 고름[膿]   노름(도박)

[붙임] 어간에 '-이'나 '-음' 이외의 모음으로 시작된 접미사가 붙어서 다른 품사로 바뀐 것은 그 어간의 원형을 밝히어 적지 아니한다.

(1) 명사로 바뀐 것

귀머거리   까마귀   너머   뜨더귀   마감

마개   마중   무덤   비렁뱅이   쓰레기

올가미   주검

(2) 부사로 바뀐 것

거뭇거뭇   너무   도로   뜨덤뜨덤   바투

불긋불긋   비로소   오긋오긋   자주   차마

(3) 조사로 바뀌어 뜻이 달라진 것

나마   부터   조차

제20항 명사 뒤에 '-이'가 붙어서 된 말은 그 명사의 원형을 밝히어 적는다.

1. 부사로 된 것

곳곳이   낱낱이   몫몫이   샅샅이   앞앞이   집집이

2. 명사로 된 것

곰배팔이   바둑이   삼발이   애꾸눈이

육손이   절뚝발이/절름발이

[붙임] '-이' 이외의 모음으로 시작된 접미사가 붙어서 된 말은 그 명사의 원형을 밝히어 적지 아니한다.

꼬락서니   끄트머리   모가치   바가지   바깥
사타구니   싸라기   이파리   지붕   지푸라기 짜개

제21항 명사나 혹은 용언의 어간 뒤에 자음으로 시작된 접미사가 붙어서 된 말은 그 명사나 어간의 원형을 밝히어 적는다.

1. 명사 뒤에 자음으로 시작된 접미사가 붙어서 된 것

값지다   홑지다   넋두리   빛깔   옆댕이   잎사귀

2. 어간 뒤에 자음으로 시작된 접미사가 붙어서 된 것

낚시   늙정이   덮개   뜯게질
갉작갉작하다   갉작거리다   뜯적거리다   뜯적뜯적하다
굵다랗다   굵직하다   깊숙하다   넓적하다
높다랗다   늙수그레하다   얽죽얽죽하다

다만, 다음과 같은 말은 소리대로 적는다.
(1) 겹받침의 끝소리가 드러나지 아니하는 것

할짝거리다	널따랗다	널찍하다	말끔하다
말쑥하다	말짱하다	실쭉하다	실큼하다
얄따랗다	얄팍하다	짤따랗다	짤막하다
실컷			

(2) 어원이 분명하지 아니하거나 본뜻에서 멀어진 것

넙치	올무	골막하다	납작하다

제22항 용언의 어간에 다음과 같은 접미사들이 붙어서 이루어진 말들은 그 어간을 밝히어 적는다.

1. '-기-, -리-, -이-, -히-, -구-, -우-, -추-, -으키-, -이키-, -애-'가 붙는 것

맡기다	옮기다	웃기다	쫓기다	뚫리다
울리다	낚이다	쌓이다	핥이다	굳히다
굽히다	넓히다	앉히다	얽히다	잡히다
돋구다	솟구다	돋우다	갖추다	곧추다
맞추다	일으키다	돌이키다	없애다	

다만, '-이-, -히-, -우-'가 붙어서 된 말이라도 본뜻에서 멀어진 것은 소리대로 적는다.

도리다(칼로 ~)	드리다(용돈을 ~)	고치다
바치다(세금을 ~)	부치다(편지를 ~)	거두다
미루다	이루다	

2. '-치-, -뜨리-, -트리-'가 붙는 것

놓치다	덮치다	떠받치다	받치다	밭치다
부딪치다	뻗치다	엎치다	부딪뜨리다/부딪트리다	
쏟뜨리다/쏟트리다		젖뜨리다/젖트리다		
찢뜨리다/찢트리다		흩뜨리다/흩트리다		

[붙임] '-업-, -읍-, -브-'가 붙어서 된 말은 소리대로 적는다.

미덥다	우습다	미쁘다

제23항 '-하다'나 '-거리다'가 붙는 어근에 '-이'가 붙어서 명사가 된 것은 그 원형을 밝히어 적는다.(ㄱ을 취하고, ㄴ을 버림.)

ㄱ	ㄴ		ㄱ	ㄴ
깔쭉이	깔쭈기	|	살살이	살사리
꿀꿀이	꿀꾸리	|	쌕쌕이	쌕쌔기
눈깜짝이	눈깜짜기	|	오뚝이	오뚜기
더펄이	더퍼리	|	코납작이	코납자기
배불뚝이	배불뚜기	|	푸석이	푸서기
삐죽이	삐주기	|	홀쭉이	홀쭈기

[붙임] '-하다'나 '-거리다'가 붙을 수 없는 어근에 '-이'나 또는 다른 모음으로 시작되는 접미사가 붙어서 명사가 된 것은 그 원형을 밝히어 적지 아니한다.

개구리	귀뚜라미	기러기	깍두기	꽹과리
날라리	누더기	동그라미	두드러기	딱따구리

매미 부스러기 뻐꾸기 얼루기 칼싹두기

제24항 '-거리다'가 붙을 수 있는 시늉말 어근에 '-이다'가 붙어서 된 용언은 그 어근을 밝히어 적는다.(ㄱ을 취하고, ㄴ을 버림.)

ㄱ	ㄴ		ㄱ	ㄴ
깜짝이다	깜짜기다	|	속삭이다	속사기다
꾸벅이다	꾸버기다	|	숙덕이다	숙더기다
끄덕이다	끄더기다	|	울먹이다	울머기다
뒤척이다	뒤처기다	|	움직이다	움지기다
들먹이다	들머기다	|	지껄이다	지꺼리다
망설이다	망서리다	|	퍼덕이다	퍼더기다
번득이다	번드기다	|	허덕이다	허더기다
번쩍이다	번쩌기다	|	헐떡이다	헐떠기다

제25항 '-하다'가 붙는 어근에 '-히'나 '-이'가 붙어서 부사가 되거나, 부사에 '-이'가 붙어서 뜻을 더하는 경우에는 그 어근이나 부사의 원형을 밝히어 적는다.

1. '-하다'가 붙는 어근에 '-히'나 '-이'가 붙는 경우

급히 꾸준히 도저히 딱히 어렴풋이 깨끗이

[붙임] '-하다'가 붙지 않는 경우에는 소리대로 적는다.

갑자기 반드시(꼭) 슬며시

2. 부사에 '-이'가 붙어서 역시 부사가 되는 경우

곰곰이   더욱이   생긋이   오뚝이   일찍이   해죽이

제26항 '-하다'나 '-없다'가 붙어서 된 용언은 그 '-하다'나 '-없다'를 밝히어 적는다.

    1. '-하다'가 붙어서 용언이 된 것

      딱하다   숱하다   착하다   텁텁하다   푹하다

    2. '-없다'가 붙어서 용언이 된 것

      부질없다   상없다   시름없다   열없다   하염없다

제4절 합성어 및 접두사가 붙은 말

제27항 둘 이상의 단어가 어울리거나 접두사가 붙어서 이루어진 말은 각각 그 원형을 밝히어 적는다.

국말이	꺾꽂이	꽃잎	끝장	물난리
밑천	부엌일	싫증	옷안	웃옷
젖몸살	첫아들	칼날	팥알	헛웃음
홀아비	홑몸	흙내	값없다	겉늙다
굶주리다	낮잡다	맞먹다	받내다	벋놓다
빗나가다	빛나다	새파랗다	샛노랗다	시꺼멓다
싯누렇다	엇나가다	엎누르다	엿듣다	옻오르다
짓이기다	헛되다			

[붙임 1] 어원은 분명하나 소리만 특이하게 변한 것은 변한 대로 적는다.

      할아버지   할아범

[붙임 2] 어원이 분명하지 아니한 것은 원형을 밝히어 적지 아니한다.

      골병   골탕   끌탕   며칠   아재비

      오라비   업신여기다   부리나케

[붙임 3] '이[齒, 蝨]'가 합성어나 이에 준하는 말에서 '니' 또는 '리'로 소리 날 때에는 '니'로 적는다.

      간니   덧니   사랑니   송곳니   앞니

      어금니   윗니   젖니   톱니   틀니

      가랑니   머릿니

제28항 끝소리가 'ㄹ'인 말과 딴 말이 어울릴 적에 'ㄹ' 소리가 나지 아니하는 것은 아니 나는 대로 적는다.

      다달이(달-달-이)   따님(딸-님)   마되(말-되)

      마소(말-소)   무자위(물-자위)   바느질(바늘-질)

      부삽(불-삽)   부손(불-손)   싸전(쌀-전)

      여닫이(열-닫이)   우짖다(울-짖다)   화살(활-살)

제29항 끝소리가 'ㄹ'인 말과 딴 말이 어울릴 적에 'ㄹ' 소리가 'ㄷ' 소리로 나는 것은 'ㄷ'으로 적는다.

      반짇고리(바느질~)   사흗날(사흘~)   삼짇날(삼질~)

섣달(설~)	숟가락(술~)	이튿날(이틀~)
잗주름(잘~)	푿소(풀~)	섣부르다(설~)
잗다듬다(잘~)	잗다랗다(잘~)	

제30항 사이시옷은 다음과 같은 경우에 받치어 적는다.

1. 순우리말로 된 합성어로서 앞말이 모음으로 끝난 경우

    (1) 뒷말의 첫소리가 된소리로 나는 것

고랫재	귓밥	나룻배	나뭇가지	냇가
댓가지	뒷갈망	맷돌	머릿기름	모깃불
못자리	바닷가	뱃길	볏가리	부싯돌
선짓국	쇳조각	아랫집	우렁잇속	잇자국
잿더미	조갯살	찻집	쳇바퀴	킷값
핏대	햇볕	혓바늘		

    (2) 뒷말의 첫소리 'ㄴ, ㅁ' 앞에서 'ㄴ' 소리가 덧나는 것

멧나물	아랫니	텃마당	아랫마을	뒷머리
잇몸	깻묵	냇물	빗물	

    (3) 뒷말의 첫소리 모음 앞에서 'ㄴㄴ' 소리가 덧나는 것

도리깻열	뒷윷	두렛일	뒷일	뒷입맛
베갯잇	욧잇	깻잎	나뭇잎	댓잎

2. 순우리말과 한자어로 된 합성어로서 앞말이 모음으로 끝난 경우

    (1) 뒷말의 첫소리가 된소리로 나는 것

귓병	머릿방	뱃병	봇둑	사잣밥

샛강	아랫방	자릿세	전셋집	찻잔
찻종	촛국	콧병	탯줄	텃세
핏기	햇수	횟가루	횟배	

(2) 뒷말의 첫소리 'ㄴ, ㅁ' 앞에서 'ㄴ' 소리가 덧나는 것

곗날	제삿날	훗날	툇마루	양칫물

(3) 뒷말의 첫소리 모음 앞에서 'ㄴㄴ' 소리가 덧나는 것

가욋일	사삿일	예삿일	훗일

3. 두 음절로 된 다음 한자어

곳간(庫間)	셋방(貰房)	숫자(數字)	찻간(車間)
툇간(退間)	횟수(回數)		

제31항 두 말이 어울릴 적에 'ㅂ' 소리나 'ㅎ' 소리가 덧나는 것은 소리대로 적는다.

1. 'ㅂ' 소리가 덧나는 것

댑싸리(대ㅂ싸리)	멥쌀(메ㅂ쌀)	볍씨(벼ㅂ씨)
입때(이ㅂ때)	입쌀(이ㅂ쌀)	접때(저ㅂ때)
좁쌀(조ㅂ쌀)	햅쌀(해ㅂ쌀)	

2. 'ㅎ' 소리가 덧나는 것

머리카락(머리ㅎ가락)	살코기(살ㅎ고기)	수캐(수ㅎ개)
수컷(수ㅎ것)	수탉(수ㅎ닭)	안팎(안ㅎ밖)
암캐(암ㅎ개)	암컷(암ㅎ것)	암탉(암ㅎ닭)

제5절 준말

제32항 단어의 끝모음이 줄어지고 자음만 남은 것은 그 앞의 음절에 받침으로 적는다.

(본말)	(준말)
기러기야	기럭아
어제그저께	엊그저께
어제저녁	엊저녁
가지고, 가지지	갖고, 갖지
디디고, 디디지	딛고, 딛지

제33항 체언과 조사가 어울려 줄어지는 경우에는 준 대로 적는다.

(본말)	(준말)
그것은	그건
그것이	그게
그것으로	그걸로
나는	난
나를	날
너는	넌
너를	널
무엇을	뭣을/무얼/뭘
무엇이	뭣이/무에

제34항 모음 'ㅏ, ㅓ'로 끝난 어간에 '-아/-어, -았-/-었-'이 어울릴 적에는 준 대로 적는다.

(본말)	(준말)		(본말)	(준말)
가아	가	|	가았다	갔다
나아	나	|	나았다	났다
타아	타	|	타았다	탔다
서어	서	|	서었다	섰다
켜어	켜	|	켜었다	켰다
펴어	펴	|	펴었다	폈다

[붙임 1] 'ㅐ, ㅔ' 뒤에 '-어, -었-'이 어울려 줄 적에는 준 대로 적는다.

(본말)	(준말)		(본말)	(준말)
개어	개	|	개었다	갰다
내어	내	|	내었다	냈다
베어	베	|	베었다	벴다
세어	세	|	세었다	셌다

[붙임 2] '하여'가 한 음절로 줄어서 '해'로 될 적에는 준 대로 적는다.

(본말)	(준말)		(본말)	(준말)
하여	해	|	하였다	했다
더하여	더해	|	더하였다	더했다
흔하여	흔해	|	흔하였다	흔했다

제35항 모음 'ㅗ, ㅜ'로 끝난 어간에 '-아/-어, -았-/-었-'이 어울려 'ㅘ/ㅝ, ㅘ/ㅞ'으로 될 적에는 준 대로 적는다.

(본말)	(준말)		(본말)	(준말)
꼬아	꽈		꼬았다	꽜다
보아	봐		보았다	봤다
쏘아	쏴		쏘았다	쐈다
두어	둬		두었다	뒀다
쑤어	쒀		쑤었다	쒔다
주어	줘		주었다	줬다

[붙임 1] '놓아'가 '놔'로 줄 적에는 준 대로 적는다.

[붙임 2] 'ㅚ' 뒤에 '-어, -었-'이 어울려 'ㅙ, ㅚㅆ'으로 될 적에도 준 대로 적는다.

(본말)	(준말)		(본말)	(준말)
괴어	괘		괴었다	괬다
되어	돼		되었다	됐다
뵈어	봬		뵈었다	뵀다
쇠어	쇄		쇠었다	쇘다
쐬어	쐐		쐬었다	쐤다

제36항 'ㅣ' 뒤에 '-어'가 와서 'ㅕ'로 줄 적에는 준 대로 적는다.

(본말)	(준말)		(본말)	(준말)
가지어	가져		가지었다	가졌다
견디어	견뎌		견디었다	견뎠다
다니어	다녀		다니었다	다녔다

막히어	막혀		막히었다	막혔다
버티어	버텨		버티었다	버텼다
치이어	치여		치이었다	치였다

제37항 'ㅏ, ㅕ, ㅗ, ㅜ, ㅡ'로 끝난 어간에 '-이-'가 와서 각각 'ㅐ, ㅖ, ㅚ, ㅟ, ㅢ'로 줄 적에는 준 대로 적는다.

(본말)	(준말)		(본말)	(준말)
싸이다	쌔다		누이다	뉘다
펴이다	폐다		뜨이다	띄다
보이다	뵈다		쓰이다	씌다

제38항 'ㅏ, ㅗ, ㅜ, ㅡ' 뒤에 '-이어'가 어울려 줄어질 적에는 준 대로 적는다.

(본말)	(준말)			(본말)	(준말)	
싸이어	쌔어	싸여		뜨이어	띄어	
보이어	뵈어	보여		쓰이어	씌어	쓰여
쏘이어	쐬어	쏘여		트이어	틔어	트여
누이어	뉘어	누여				

제39항 어미 '-지' 뒤에 '않-'이 어울려 '-잖-'이 될 적과 '-하지' 뒤에 '않-'이 어울려 '-찮-'이 될 적에는 준 대로 적는다.

(본말)	(준말)		(본말)	(준말)
그렇지 않은	그렇잖은		만만하지 않다	만만찮다
적지 않은	적잖은		변변하지 않다	변변찮다

제40항 어간의 끝음절 '하'의 'ㅏ'가 줄고 'ㅎ'이 다음 음절의 첫소리와 어울려 거센소리로 될 적에는 거센소리로 적는다.

(본말)	(준말)		(본말)	(준말)
간편하게	간편케		다정하다	다정타
연구하도록	연구토록		정결하다	정결타
가하다	가타		흔하다	흔타

[붙임 1] 'ㅎ'이 어간의 끝소리로 굳어진 것은 받침으로 적는다.

않다	않고	않지	않든지
그렇다	그렇고	그렇지	그렇든지
아무렇다	아무렇고	아무렇지	아무렇든지
어떻다	어떻고	어떻지	어떻든지
이렇다	이렇고	이렇지	이렇든지
저렇다	저렇고	저렇지	저렇든지

[붙임 2] 어간의 끝음절 '하'가 아주 줄 적에는 준 대로 적는다.

(본말)	(준말)		(본말)	(준말)
거북하지	거북지		넉넉하지 않다	넉넉지 않다
생각하건대	생각건대		못하지 않다	못지않다
생각하다 못해	생각다 못해		섭섭하지 않다	섭섭지 않다
깨끗하지 않다	깨끗지 않다		익숙하지 않다	익숙지 않다

[붙임 3] 다음과 같은 부사는 소리대로 적는다.

결단코	결코	기필코	무심코	아무튼	요컨대
정녕코	필연코	하마터면	하여튼	한사코	

제5장 띄어쓰기

제1절 조사

제41항 조사는 그 앞말에 붙여 쓴다.

꽃이	꽃마저	꽃밖에	꽃에서부터	꽃으로만
꽃이나마	꽃이다	꽃입니다	꽃처럼	어디까지나
거기도	멀리는	웃고만		

제2절 의존 명사, 단위를 나타내는 명사 및 열거하는 말 등

제42항 의존 명사는 띄어 쓴다.

아는 것이 힘이다.   나도 할 수 있다.

먹을 만큼 먹어라.   아는 이를 만났다.

네가 뜻한 바를 알겠다.   그가 떠난 지가 오래다.

제43항 단위를 나타내는 명사는 띄어 쓴다.

한 개	차 한 대	금 서 돈	소 한 마리
옷 한 벌	열 살	조기 한 손	연필 한 자루
버선 한 죽	집 한 채	신 두 켤레	북어 한 쾌

다만, 순서를 나타내는 경우나 숫자와 어울리어 쓰이는 경우에는 붙여 쓸 수 있다.

두시 삼십분 오초	제일과	삼학년
육층	1446년 10월 9일	2대대
16동 502호	제1실습실	80원
10개	7미터	

제44항 수를 적을 적에는 '만(萬)' 단위로 띄어 쓴다.

십이억 삼천사백오십육만 칠천팔백구십팔

12억 3456만 7898

제45항 두 말을 이어 주거나 열거할 적에 쓰이는 다음의 말들은 띄어 쓴다.

국장 겸 과장	열 내지 스물	청군 대 백군
책상, 걸상 등이 있다	이사장 및 이사들	사과, 배, 귤 등등
사과, 배 등속	부산, 광주 등지	

제46항 단음절로 된 단어가 연이어 나타날 적에는 붙여 쓸 수 있다.

좀더 큰것　이말 저말　한잎 두잎

제3절 보조 용언

제47항 보조 용언은 띄어 씀을 원칙으로 하되, 경우에 따라 붙여 씀도 허용한다.(ㄱ을 원칙으로 하고, ㄴ을 허용함.)

ㄱ	ㄴ
불이 꺼져 간다.	불이 꺼져간다.
내 힘으로 막아 낸다.	내 힘으로 막아낸다.

어머니를 도와 드린다.	어머니를 도와드린다.
그릇을 깨뜨려 버렸다.	그릇을 깨뜨려버렸다.
비가 올 듯하다.	비가 올듯하다.
그 일은 할 만하다.	그 일은 할만하다.
일이 될 법하다.	일이 될법하다.
비가 올 성싶다.	비가 올성싶다.
잘 아는 척한다.	잘 아는척한다.

다만, 앞말에 조사가 붙거나 앞말이 합성 용언인 경우, 그리고 중간에 조사가 들어갈 적에는 그 뒤에 오는 보조 용언은 띄어 쓴다.

잘도 놀아만 나는구나!	책을 읽어도 보고…….
네가 덤벼들어 보아라.	이런 기회는 다시없을 듯하다.
그가 올 듯도 하다.	잘난 체를 한다.

제4절 고유 명사 및 전문 용어

제48항 성과 이름, 성과 호 등은 붙여 쓰고, 이에 덧붙는 호칭어, 관직명 등은 띄어 쓴다.

김양수(金良洙)	서화담(徐花潭)	채영신 씨
최치원 선생	박동식 박사	충무공 이순신 장군

다만, 성과 이름, 성과 호를 분명히 구분할 필요가 있을 경우에는 띄어 쓸 수 있다.

남궁억/남궁 억	독고준/독고 준
황보지봉(皇甫芝峰)/황보 지봉	

제49항 성명 이외의 고유 명사는 단어별로 띄어 씀을 원칙으로 하되, 단위별로 띄어 쓸 수 있다.(ㄱ을 원칙으로 하고, ㄴ을 허용함.)

ㄱ	ㄴ
대한 중학교	대한중학교
한국 대학교 사범 대학	한국대학교 사범대학

제50항 전문 용어는 단어별로 띄어 씀을 원칙으로 하되, 붙여 쓸 수 있다.(ㄱ을 원칙으로 하고, ㄴ을 허용함.)

ㄱ	ㄴ
만성 골수성 백혈병	만성골수성백혈병
중거리 탄도 유도탄	중거리탄도유도탄

제6장 그 밖의 것

제51항 부사의 끝음절이 분명히 '이'로만 나는 것은 '-이'로 적고, '히'로만 나거나 '이'나 '히'로 나는 것은 '-히'로 적는다.

1. '이'로만 나는 것

가붓이	깨끗이	나붓이	느긋이	둥긋이
따뜻이	반듯이	버젓이	산뜻이	의젓이
가까이	고이	날카로이	대수로이	번거로이
많이	적이	헛되이	겹겹이	번번이
일일이	집집이	틈틈이		

2. '히'로만 나는 것

극히	급히	딱히	속히	작히
족히	특히	엄격히	정확히	

3. '이, 히'로 나는 것

솔직히	가만히	간편히	나른히	무단히
각별히	소홀히	쓸쓸히	정결히	과감히
꼼꼼히	심히	열심히	급급히	답답히
섭섭히	공평히	능히	당당히	분명히
상당히	조용히	간소히	고요히	도저히

제52항 한자어에서 본음으로도 나고 속음으로도 나는 것은 각각 그 소리에 따라 적는다.

(본음으로 나는 것)	(속음으로 나는 것)
승낙(承諾)	수락(受諾) 쾌락(快諾) 허락(許諾)
만난(萬難)	곤란(困難) 논란(論難)
안녕(安寧)	의령(宜寧) 회령(會寧)
분노(忿怒)	대로(大怒) 희로애락(喜怒哀樂)
토론(討論)	의논(議論)
오륙십(五六十)	오뉴월, 유월(六月)
목재(木材)	모과(木瓜)
십일(十日)	시방정토(十方淨土), 시왕(十王), 시월(十月)
팔일(八日)	초파일(初八日)

제53항 다음과 같은 어미는 예사소리로 적는다.(ㄱ을 취하고, ㄴ을 버림.)

ㄱ	ㄴ
-(으)ㄹ거나	-(으)ㄹ꺼나
-(으)ㄹ걸	-(으)ㄹ껄
-(으)ㄹ게	-(으)ㄹ께
-(으)ㄹ세	-(으)ㄹ쎄
-(으)ㄹ세라	-(으)ㄹ쎄라
-(으)ㄹ수록	-(으)ㄹ쑤록
-(으)ㄹ시	-(으)ㄹ씨
-(으)ㄹ지	-(으)ㄹ찌
-(으)ㄹ지니라	-(으)ㄹ찌니라
-(으)ㄹ지라도	-(으)ㄹ찌라도
-(으)ㄹ지어다	-(으)ㄹ찌어다
-(으)ㄹ지언정	-(으)ㄹ찌언정
-(으)ㄹ진대	-(으)ㄹ찐대
-(으)ㄹ진저	-(으)ㄹ찐저
-올시다	-올씨다

다만, 의문을 나타내는 다음 어미들은 된소리로 적는다.

-(으)ㄹ까? -(으)ㄹ꼬? -(스)ㅂ니까?

-(으)리까? -(으)ㄹ쏘냐?

제54항 다음과 같은 접미사는 된소리로 적는다.(ㄱ을 취하고, ㄴ을 버림.)

ㄱ	ㄴ		ㄱ	ㄴ
심부름꾼	심부름군	|	귀때기	귓대기
익살꾼	익살군	|	볼때기	볼대기
일꾼	일군	|	판자때기	판잣대기
장꾼	장군	|	뒤꿈치	뒷굼치
장난꾼	장난군	|	팔꿈치	팔굼치
지게꾼	지겟군	|	이마빼기	이맛배기
때깔	땟갈	|	코빼기	콧배기
빛깔	빛갈	|	객쩍다	객적다
성깔	성갈	|	겸연쩍다	겸연적다

제55항 두 가지로 구별하여 적던 다음 말들은 한 가지로 적는다.(ㄱ을 취하고, ㄴ을 버림.)

ㄱ	ㄴ
맞추다(입을 맞춘다. 양복을 맞춘다.)	마추다
뻗치다(다리를 뻗친다. 멀리 뻗친다.)	뻐치다

제56항 '-더라, -던'과 '-든지'는 다음과 같이 적는다.

　　1. 지난 일을 나타내는 어미는 '-더라, -던'으로 적는다.(ㄱ을 취하고, ㄴ을 버림.)

ㄱ	ㄴ
지난겨울은 몹시 춥더라.	지난겨울은 몹시 춥드라.
깊던 물이 얕아졌다.	깊든 물이 얕아졌다.

그렇게 좋던가?　　　　　그렇게 좋든가?

그 사람 말 잘하던데!　　　그 사람 말 잘하든데!

얼마나 놀랐던지 몰라.　　　얼마나 놀랐든지 몰라.

2. 물건이나 일의 내용을 가리지 아니하는 뜻을 나타내는 조사와 어미는 '(-)든지'로 적는다.(ㄱ을 취하고, ㄴ을 버림.)

　　　ㄱ　　　　　　　　　　ㄴ

배든지 사과든지 마음대로 먹어라.　배던지 사과던지 마음대로 먹어라.

가든지 오든지 마음대로 해라.　　　가던지 오던지 마음대로 해라.

제57항 다음 말들은 각각 구별하여 적는다.

가름	둘로 가름.
갈음	새 책상으로 갈음하였다.
거름	풀을 썩힌 거름.
걸음	빠른 걸음.
거치다	영월을 거쳐 왔다.
걷히다	외상값이 잘 걷힌다.
걷잡다	걷잡을 수 없는 상태.
겉잡다	겉잡아서 이틀 걸릴 일.

그러므로(그러니까)	그는 부지런하다. 그러므로 잘 산다.
그럼으로(써)	그는 열심히 공부한다. 그럼으로(써) 은혜에 보답한다.
(그렇게 하는 것으로)	

노름	노름판이 벌어졌다.
놀음(놀이)	즐거운 놀음.

느리다	진도가 너무 느리다.
늘이다	고무줄을 늘인다.
늘리다	수출량을 더 늘린다.

다리다	옷을 다린다.
달이다	약을 달인다.

다치다	부주의로 손을 다쳤다.
닫히다	문이 저절로 닫혔다.
닫치다	문을 힘껏 닫쳤다.

마치다	벌써 일을 마쳤다.
맞히다	여러 문제를 더 맞혔다.

목거리	목거리가 덧났다.
목걸이	금목걸이, 은목걸이.

바치다	나라를 위해 목숨을 바쳤다.
받치다	우산을 받치고 간다.
	책받침을 받친다.
받히다	쇠뿔에 받혔다.
밭치다	술을 체에 밭친다.
반드시	약속은 반드시 지켜라.
반듯이	고개를 반듯이 들어라.
부딪치다	차와 차가 마주 부딪쳤다.
부딪히다	마차가 화물차에 부딪혔다.
부치다	힘이 부치는 일이다.
	편지를 부친다.
	논밭을 부친다.
	빈대떡을 부친다.
	식목일에 부치는 글.
	회의에 부치는 안건.
	인쇄에 부치는 원고.
	삼촌 집에 숙식을 부친다.
붙이다	우표를 붙인다.
	책상을 벽에 붙였다.
	흥정을 붙인다.

불을 붙인다.

감시원을 붙인다.

조건을 붙인다.

취미를 붙인다.

별명을 붙인다.

시키다	일을 시킨다.
식히다	끓인 물을 식힌다.

아름	세 아름 되는 둘레.
알음	전부터 알음이 있는 사이.
앎	앎이 힘이다.

안치다	밥을 안친다.
앉히다	윗자리에 앉힌다.

어름	두 물건의 어름에서 일어난 현상.
얼음	얼음이 얼었다.
이따가	이따가 오너라.
있다가	돈은 있다가도 없다.

저리다	다친 다리가 저린다.
절이다	김장 배추를 절인다.

조리다	생선을 조린다. 통조림, 병조림.
졸이다	마음을 졸인다.
주리다	여러 날을 주렸다.
줄이다	비용을 줄인다.
하노라고	하노라고 한 것이 이 모양이다.
하느라고	공부하느라고 밤을 새웠다.
-느니보다(어미)	나를 찾아오느니보다 집에 있거라.
-는 이보다(의존 명사)	오는 이가 가는 이보다 많다.
-(으)리만큼(어미)	나를 미워하리만큼 그에게 잘못한 일이 없다.
-(으)ㄹ 이만큼(의존 명사)	찬성할 이도 반대할 이만큼이나 많을 것이다.
-(으)러(목적)	공부하러 간다.
-(으)려(의도)	서울 가려 한다.
-(으)로서(자격)	사람으로서 그럴 수는 없다.
-(으)로써(수단)	닭으로써 꿩을 대신했다.
-(으)므로(어미)	그가 나를 믿으므로 나도 그를 믿는다.
(-ㅁ, -음)으로(써)(조사)	그는 믿음으로(써) 산 보람을 느꼈다.

2. 문장 부호

문장 부호는 글에서 문장의 구조를 드러내거나 글쓴이의 의도를 전달하기 위하여 사용하는 부호이다. 문장 부호의 이름과 사용법은 다음과 같이 정한다.

1. 마침표(.)

(1) 서술, 명령, 청유 등을 나타내는 문장의 끝에 쓴다.

(예) 젊은이는 나라의 기둥입니다.   (예) 제 손을 꼭 잡으세요.

(예) 집으로 돌아갑시다.   (예) 가는 말이 고와야 오는 말이 곱다.

[붙임 1] 직접 인용한 문장의 끝에는 쓰는 것을 원칙으로 하되, 쓰지 않는 것을 허용한다.(ㄱ을 원칙으로 하고, ㄴ을 허용함.)

(예) ㄱ. 그는 "지금 바로 떠나자."라고 말하며 서둘러 짐을 챙겼다.

ㄴ. 그는 "지금 바로 떠나자"라고 말하며 서둘러 짐을 챙겼다.

[붙임 2] 용언의 명사형이나 명사로 끝나는 문장에는 쓰는 것을 원칙으로 하되, 쓰지 않는 것을 허용한다.(ㄱ을 원칙으로 하고, ㄴ을 허용함.)

>(예) ㄱ. 목적을 이루기 위하여 몸과 마음을 다하여 애를 씀.

>ㄴ. 목적을 이루기 위하여 몸과 마음을 다하여 애를 씀

>(예) ㄱ. 결과에 연연하지 않고 끝까지 최선을 다하기.

>ㄴ. 결과에 연연하지 않고 끝까지 최선을 다하기

>(예) ㄱ. 신입 사원 모집을 위한 기업 설명회 개최.

>ㄴ. 신입 사원 모집을 위한 기업 설명회 개최

>(예) ㄱ. 내일 오전까지 보고서를 제출할 것.

>ㄴ. 내일 오전까지 보고서를 제출할 것

다만, 제목이나 표어에는 쓰지 않음을 원칙으로 한다.

>(예) 압록강은 흐른다   (예) 꺼진 불도 다시 보자

>(예) 건강한 몸 만들기

(2) 아라비아 숫자만으로 연월일을 표시할 때 쓴다.

>(예) 1919. 3. 1.   (예) 10. 1.~10. 12.

(3) 특정한 의미가 있는 날을 표시할 때 월과 일을 나타내는 아라비아 숫자 사이에 쓴다.

>(예) 3.1 운동   (예) 8.15 광복

[붙임] 이때는 마침표 대신 가운뎃점을 쓸 수 있다.

>(예) 3 · 1 운동   (예) 8 · 15 광복

(4) 장, 절, 항 등을 표시하는 문자나 숫자 다음에 쓴다.

(예) 가. 인명   (예) ㄱ. 머리말

(예) Ⅰ. 서론   (예) 1. 연구 목적

[붙임] '마침표' 대신 '온점'이라는 용어를 쓸 수 있다.

2. 물음표(?)

(1) 의문문이나 의문을 나타내는 어구의 끝에 쓴다.

(예) 점심 먹었어?

(예) 이번에 가시면 언제 돌아오세요?

(예) 제가 부모님 말씀을 따르지 않을 리가 있겠습니까?

(예) 남북이 통일되면 얼마나 좋을까?

(예) 다섯 살짜리 꼬마가 이 멀고 험한 곳까지 혼자 왔다?

(예) 지금?   (예) 뭐라고?   (예) 네?

[붙임 1] 한 문장 안에 몇 개의 선택적인 물음이 이어질 때는 맨 끝의 물음에만 쓰고, 각 물음이 독립적일 때는 각 물음의 뒤에 쓴다.

(예) 너는 중학생이냐, 고등학생이냐?

(예) 너는 여기에 언제 왔니? 어디서 왔니? 무엇하러 왔니?

[붙임 2] 의문의 정도가 약할 때는 물음표 대신 마침표를 쓸 수 있다.

(예) 도대체 이 일을 어쩐단 말이냐.

(예) 이것이 과연 내가 찾던 행복일까.

다만, 제목이나 표어에는 쓰지 않음을 원칙으로 한다.

(예) 역사란 무엇인가   (예) 아직도 담배를 피우십니까

(2) 특정한 어구의 내용에 대하여 의심, 빈정거림 등을 표시할 때, 또는 적절한 말을 쓰기 어려울 때 소괄호 안에 쓴다.

(예) 우리와 의견을 같이할 사람은 최 선생(?) 정도인 것 같다.

(예) 30점이라, 거참 훌륭한(?) 성적이군.

(예) 우리 집 강아지가 가출(?)을 했어요.

(3) 모르거나 불확실한 내용임을 나타낼 때 쓴다.

(예) 최치원(857~?)은 통일 신라 말기에 이름을 떨쳤던 학자이자 문장가이다.

(예) 조선 시대의 시인 강백(1690?~1777?)의 자는 자청이고, 호는 우곡이다.

3. 느낌표(!)

(1) 감탄문이나 감탄사의 끝에 쓴다.

(예) 이거 정말 큰일이 났구나!   (예) 어머!

[붙임] 감탄의 정도가 약할 때는 느낌표 대신 쉼표나 마침표를 쓸 수 있다.

(예) 어, 벌써 끝났네.   (예) 날씨가 참 좋군.

(2) 특별히 강한 느낌을 나타내는 어구, 평서문, 명령문, 청유문에 쓴다.

(예) 청춘! 이는 듣기만 하여도 가슴이 설레는 말이다.

(예) 이야, 정말 재밌다!

(예) 지금 즉시 대답해!

(예) 앞만 보고 달리자!

(3) 물음의 말로 놀람이나 항의의 뜻을 나타내는 경우에 쓴다.

(예) 이게 누구야!   (예) 내가 왜 나빠!

(4) 감정을 넣어 대답하거나 다른 사람을 부를 때 쓴다.

(예) 네!   (예) 네, 선생님!

(예) 흥부야!   (예) 언니!

4. 쉼표(,)

(1) 같은 자격의 어구를 열거할 때 그 사이에 쓴다.

(예) 근면, 검소, 협동은 우리 겨레의 미덕이다.

(예) 충청도의 계룡산, 전라도의 내장산, 강원도의 설악산은 모두 국립 공원이다.

(예) 집을 보러 가면 그 집이 내가 원하는 조건에 맞는지, 살기에 편한지, 망가진 곳
은 없는지 확인해야 한다.

(예) 5보다 작은 자연수는 1, 2, 3, 4이다.

다만, (가) 쉼표 없이도 열거되는 사항임이 쉽게 드러날 때는 쓰지 않을 수 있다.

(예) 아버지 어머니께서 함께 오셨어요.

(예) 네 돈 내 돈 다 합쳐 보아야 만 원도 안 되겠다.

(나) 열거할 어구들을 생략할 때 사용하는 줄임표 앞에는 쉼표를 쓰지 않는다.

(예) 광역시: 광주, 대구, 대전……

(2) 짝을 지어 구별할 때 쓴다.

    (예) 닭과 지네, 개와 고양이는 상극이다.

(3) 이웃하는 수를 개략적으로 나타낼 때 쓴다.

    (예) 5, 6세기   (예) 6, 7, 8개

(4) 열거의 순서를 나타내는 어구 다음에 쓴다.

    (예) 첫째, 몸이 튼튼해야 한다.

    (예) 마지막으로, 무엇보다 마음이 편해야 한다.

(5) 문장의 연결 관계를 분명히 하고자 할 때 절과 절 사이에 쓴다.

    (예) 콩 심은 데 콩 나고, 팥 심은 데 팥 난다.

    (예) 저는 신뢰와 정직을 생명과 같이 여기고 살아온바, 이번 비리 사건과는 무관하

        다는 점을 분명히 밝힙니다.

    (예) 떡국은 설날의 대표적인 음식인데, 이걸 먹어야 비로소 나이도 한 살 더 먹는다

        고 한다.

(6) 같은 말이 되풀이되는 것을 피하기 위하여 일정한 부분을 줄여서 열거할 때 쓴다.

    (예) 여름에는 바다에서, 겨울에는 산에서 휴가를 즐겼다.

(7) 부르거나 대답하는 말 뒤에 쓴다.

    (예) 지은아, 이리 좀 와 봐.   (예) 네, 지금 가겠습니다.

(8) 한 문장 안에서 앞말을 '곧', '다시 말해' 등과 같은 어구로 다시 설명할 때 앞말 다음에 쓴다.

(예) 책의 서문, 곧 머리말에는 책을 지은 목적이 드러나 있다.

(예) 원만한 인간관계는 말과 관련한 예의, 즉 언어 예절을 갖추는 것에서 시작된다.

(예) 호준이 어머니, 다시 말해 나의 누님은 올해로 결혼한 지 20년이 된다.

(예) 나에게도 작은 소망, 이를테면 나만의 정원을 가졌으면 하는 소망이 있어.

(9) 문장 앞부분에서 조사 없이 쓰인 제시어나 주제어의 뒤에 쓴다.

(예) 돈, 돈이 인생의 전부이더냐?

(예) 열정, 이것이야말로 젊은이의 가장 소중한 자산이다.

(예) 지금 네가 여기 있다는 것, 그것만으로도 나는 충분히 행복해.

(예) 저 친구, 저러다가 큰일 한번 내겠어.

(예) 그 사실, 넌 알고 있었지?

(10) 한 문장에 같은 의미의 어구가 반복될 때 앞에 오는 어구 다음에 쓴다.

(예) 그의 애국심, 몸을 사리지 않고 국가를 위해 헌신한 정신을 우리는 본받아야 한다.

(11) 도치문에서 도치된 어구들 사이에 쓴다.

(예) 이리 오세요, 어머님.   (예) 다시 보자, 한강수야.

(12) 바로 다음 말과 직접적인 관계에 있지 않음을 나타낼 때 쓴다.

(예) 갑돌이는, 울면서 떠나는 갑순이를 배웅했다.

(예) 철원과, 대관령을 중심으로 한 강원도 산간 지대에 예년보다 일찍 첫눈이 내렸습니다.

(13) 문장 중간에 끼어든 어구의 앞뒤에 쓴다.

(예) 나는, 솔직히 말하면, 그 말이 별로 탐탁지 않아.

(예) 영호는 미소를 띠고, 속으로는 화가 치밀어 올라 잠시라도 견딜 수 없을 만큼 괴로웠지만, 그들을 맞았다.

[붙임 1] 이때는 쉼표 대신 줄표를 쓸 수 있다.

(예) 나는 ― 솔직히 말하면 ― 그 말이 별로 탐탁지 않아.

(예) 영호는 미소를 띠고 ― 속으로는 화가 치밀어 올라 잠시라도 견딜 수 없을 만큼 괴로웠지만 ― 그들을 맞았다.

[붙임 2] 끼어든 어구 안에 다른 쉼표가 들어 있을 때는 쉼표 대신 줄표를 쓴다.

(예) 이건 내 것이니까 ― 아니, 내가 처음 발견한 것이니까 ― 절대로 양보할 수 없다.

(14) 특별한 효과를 위해 끊어 읽는 곳을 나타낼 때 쓴다.

(예) 내가, 정말 그 일을 오늘 안에 해낼 수 있을까?

(예) 이 전투는 바로 우리가, 우리만이, 승리로 이끌 수 있다.

(15) 짧게 더듬는 말을 표시할 때 쓴다.

(예) 선생님, 부, 부정행위라니요? 그런 건 새, 생각조차 하지 않았습니다.

[붙임] '쉼표' 대신 '반점'이라는 용어를 쓸 수 있다.

5. 가운뎃점(·)

(1) 열거할 어구들을 일정한 기준으로 묶어서 나타낼 때 쓴다.

　(예) 민수 · 영희, 선미 · 준호가 서로 짝이 되어 윷놀이를 하였다.

　(예) 지금의 경상남도 · 경상북도, 전라남도 · 전라북도, 충청남도 · 충청북도 지역을
　　　예부터 삼남이라 일러 왔다.

(2) 짝을 이루는 어구들 사이에 쓴다.

　(예) 한(韓) · 이(伊) 양국 간의 무역량이 늘고 있다.

　(예) 우리는 그 일의 참 · 거짓을 따질 겨를도 없었다.

　(예) 하천 수질의 조사 · 분석

　(예) 빨강 · 초록 · 파랑이 빛의 삼원색이다.

다만, 이때는 가운뎃점을 쓰지 않거나 쉼표를 쓸 수도 있다.

　(예) 한(韓) 이(伊) 양국 간의 무역량이 늘고 있다.

　(예) 우리는 그 일의 참 거짓을 따질 겨를도 없었다.

　(예) 하천 수질의 조사, 분석

　(예) 빨강, 초록, 파랑이 빛의 삼원색이다.

(3) 공통 성분을 줄여서 하나의 어구로 묶을 때 쓴다.

　(예) 상 · 중 · 하위권　　　　　　(예) 금 · 은 · 동메달

　(예) 통권 제54 · 55 · 56호

[붙임] 이때는 가운뎃점 대신 쉼표를 쓸 수 있다.

    (예) 상, 중, 하위권   (예) 금, 은, 동메달

    (예) 통권 제54, 55, 56호

6. 쌍점(:)

(1) 표제 다음에 해당 항목을 들거나 설명을 붙일 때 쓴다.

    (예) 문방사우: 종이, 붓, 먹, 벼루   (예) 일시: 2014년 10월 9일 10시

    (예) 흔하진 않지만 두 자로 된 성씨도 있다.(예: 남궁, 선우, 황보)

    (예) 올림표(♯): 음의 높이를 반음 올릴 것을 지시한다.

(2) 희곡 등에서 대화 내용을 제시할 때 말하는 이와 말한 내용 사이에 쓴다.

    (예) 김 과장: 난 못 참겠다.

    (예) 아들: 아버지, 제발 제 말씀 좀 들어 보세요.

(3) 시와 분, 장과 절 등을 구별할 때 쓴다.

    (예) 오전 10:20(오전 10시 20분)

    (예) 두시언해 6:15(두시언해 제6권 제15장)

(4) 의존명사 '대'가 쓰일 자리에 쓴다.

    (예) 65:60(65 대 60)   (예) 청군:백군(청군 대 백군)

[붙임] 쌍점의 앞은 붙여 쓰고 뒤는 띄어 쓴다. 다만, (3)과 (4)에서는 쌍점의 앞뒤를 붙여 쓴다.

7. 빗금(/)

(1) 대비되는 두 개 이상의 어구를 묶어 나타낼 때 그 사이에 쓴다.

   (예) 먹이다/먹히다   (예) 남반구/북반구

   (예) 금메달/은메달/동메달

   (예) (   )이/가 우리나라의 보물 제1 호이다.

(2) 기준 단위당 수량을 표시할 때 해당 수량과 기준 단위 사이에 쓴다.

   (예) 100미터/초   (예) 1,000원/개

(3) 시의 행이 바뀌는 부분임을 나타낼 때 쓴다.

   (예) 산에 / 산에 / 피는 꽃은 / 저만치 혼자서 피어 있네

다만, 연이 바뀜을 나타낼 때는 두 번 겹쳐 쓴다.

   (예) 산에는 꽃 피네 / 꽃이 피네 / 갈 봄 여름 없이 / 꽃이 피네 // 산에 / 산에 / 피는
   꽃은 / 저만치 혼자서 피어 있네

[붙임] 빗금의 앞뒤는 (1)과 (2)에서는 붙여 쓰며, (3)에서는 띄어 쓰는 것을 원칙으로 하
되 붙여 쓰는 것을 허용한다. 단, (1)에서 대비되는 어구가 두 어절 이상인 경우에는 빗
금의 앞뒤를 띄어 쓸 수 있다.

8. 큰따옴표(" ")

(1) 글 가운데에서 직접 대화를 표시할 때 쓴다.

   (예) "어머니, 제가 가겠어요."

"아니다. 내가 다녀오마."

(2) 말이나 글을 직접 인용할 때 쓴다.

(예) 나는 "어, 광훈이 아니냐?" 하는 소리에 깜짝 놀랐다.

(예) 밤하늘에 반짝이는 별들을 보면서 "나는 아무 걱정도 없이 가을 속의 별들을 다 헬 듯합니다."라는 시구를 떠올렸다.

(예) 편지의 끝머리에는 이렇게 적혀 있었다.

"할머니, 편지에 사진을 동봉했다고 하셨지만 봉투 안에는 아무것도 없었어요."

9. 작은따옴표(' ')

(1) 인용한 말 안에 있는 인용한 말을 나타낼 때 쓴다.

(예) 그는 "여러분! '시작이 반이다.'라는 말 들어 보셨죠?"라고 말하며 강연을 시작했다.

(2) 마음속으로 한 말을 적을 때 쓴다.

(예) 나는 '일이 다 틀렸나 보군.' 하고 생각하였다.

(예) '이번에는 꼭 이기고야 말겠어.' 호연이는 마음속으로 몇 번이나 그렇게 다짐하며 주먹을 불끈 쥐었다.

10. 소괄호(( ))

(1) 주석이나 보충적인 내용을 덧붙일 때 쓴다.

(예) 니체(독일의 철학자)의 말을 빌리면 다음과 같다.

(예) 2014. 12. 19.(금)

(예) 문인화의 대표적인 소재인 사군자(매화, 난초, 국화, 대나무)는 고결한 선비 정
    신을 상징한다.

(2) 우리말 표기와 원어 표기를 아울러 보일 때 쓴다.

　(예) 기호(嗜好), 자세(姿勢)

　(예) 커피(coffee), 에티켓(étiquette)

(3) 생략할 수 있는 요소임을 나타낼 때 쓴다.

　(예) 학교에서 동료 교사를 부를 때는 이름 뒤에 '선생(님)'이라는 말을 덧붙인다.

　(예) 광개토(대)왕은 고구려의 전성기를 이끌었던 임금이다.

(4) 희곡 등 대화를 적은 글에서 동작이나 분위기, 상태를 드러낼 때 쓴다.

　(예) 현우: (가쁜 숨을 내쉬며) 왜 이렇게 빨리 뛰어?

　(예) "관찰한 것을 쓰는 것이 습관이 되었죠. 그러다 보니, 상상력이 생겼나 봐요."

　　(웃음)

(5) 내용이 들어갈 자리임을 나타낼 때 쓴다.

　(예) 우리나라의 수도는 (　　)이다.

　(예) 다음 빈칸에 알맞은 조사를 쓰시오.

　　민수가 할아버지(　) 꽃을 드렸다.

(6) 항목의 순서나 종류를 나타내는 숫자나 문자 등에 쓴다.

　(예) 사람의 인격은 (1) 용모, (2) 언어, (3) 행동, (4) 덕성 등으로 표현된다.

(예) (가) 동해, (나) 서해, (다) 남해

11. 중괄호({ })

(1) 같은 범주에 속하는 여러 요소를 세로로 묶어서 보일 때 쓴다.

(예) 주격 조사

$$\left\{ \begin{array}{c} 이 \\ 가 \end{array} \right\}$$

(예) 국가의 성립 요소

$$\left\{ \begin{array}{c} 영토 \\ 국민 \\ 주권 \end{array} \right\}$$

(2) 열거된 항목 중 어느 하나가 자유롭게 선택될 수 있음을 보일 때 쓴다.

(예) 아이들이 모두 학교{에, 로, 까지} 갔어요.

12. 대괄호([ ])

(1) 괄호 안에 또 괄호를 쓸 필요가 있을 때 바깥쪽의 괄호로 쓴다.

(예) 어린이날이 새로 제정되었을 당시에는 어린이들에게 경어를 쓰라고 하였다.

　[윤석중 전집(1988), 70쪽 참조]

(예) 이번 회의에는 두 명[이혜정(실장), 박철용(과장)]만 빼고 모두 참석했습니다.

(2) 고유어에 대응하는 한자어를 함께 보일 때 쓴다.

(예) 나이[年歲]　　　(예) 낱말[單語]　　　(예) 손발[手足]

(3) 원문에 대한 이해를 돕기 위해 설명이나 논평 등을 덧붙일 때 쓴다.

  (예) 그것[한글]은 이처럼 정보화 시대에 알맞은 과학적인 문자이다.

  (예) 신경준의 ≪여암전서≫에 "삼각산은 산이 모두 돌 봉우리인데, 그 으뜸 봉우리
  를 구름 위에 솟아 있다고 백운(白雲)이라 하며 [이하 생략]"

  (예) 그런 일은 결코 있을 수 없다.[원문에는 '업다'임.]

13. 겹낫표(『 』)와 겹화살괄호(≪ ≫)

책의 제목이나 신문 이름 등을 나타낼 때 쓴다.

  (예) 우리나라 최초의 민간 신문은 1896년에 창간된 『독립신문』이다.

  (예) 『훈민정음』은 1997년에 유네스코 세계 기록 유산으로 지정되었다.

  (예) ≪한성순보≫는 우리나라 최초의 근대 신문이다.

  (예) 윤동주의 유고 시집인 ≪하늘과 바람과 별과 시≫에는 31편의 시가 실려 있다.

[붙임] 겹낫표나 겹화살괄호 대신 큰따옴표를 쓸 수 있다.

  (예) 우리나라 최초의 민간 신문은 1896년에 창간된 "독립신문"이다.

  (예) 윤동주의 유고 시집인 "하늘과 바람과 별과 시"에는 31편의 시가 실려 있다.

14. 홑낫표(「 」)와 홑화살괄호(〈 〉)

소제목, 그림이나 노래와 같은 예술 작품의 제목, 상호, 법률, 규정 등을 나타낼 때 쓴다.

  (예) 「국어 기본법 시행령」은 「국어 기본법」에서 위임된 사항과 그 시행에 필요한 사
  항을 규정함을 목적으로 한다.

  (예) 이 곡은 베르디가 작곡한 「축배의 노래」이다.

  (예) 사무실 밖에 「해와 달」이라고 쓴 간판을 달았다.

(예) 〈한강〉은 사진집 ≪아름다운 땅≫에 실린 작품이다.

(예) 백남준은 2005년에 〈엄마〉라는 작품을 선보였다.

[붙임] 홑낫표나 홑화살괄호 대신 작은따옴표를 쓸 수 있다.

(예) 사무실 밖에 '해와 달'이라고 쓴 간판을 달았다.

(예) '한강'은 사진집 "아름다운 땅"에 실린 작품이다.

15. 줄표(—)

제목 다음에 표시하는 부제의 앞뒤에 쓴다.

(예) 이번 토론회의 제목은 '역사 바로잡기 — 근대의 설정 —'이다.

(예) '환경 보호 — 숲 가꾸기 —'라는 제목으로 글짓기를 했다.

다만, 뒤에 오는 줄표는 생략할 수 있다.

(예) 이번 토론회의 제목은 '역사 바로잡기 — 근대의 설정'이다.

(예) '환경 보호 — 숲 가꾸기'라는 제목으로 글짓기를 했다.

[붙임] 줄표의 앞뒤는 띄어 쓰는 것을 원칙으로 하되, 붙여 쓰는 것을 허용한다.

16. 붙임표(-)

(1) 차례대로 이어지는 내용을 하나로 묶어 열거할 때 각 어구 사이에 쓴다.

(예) 멀리뛰기는 도움닫기-도약-공중 자세-착지의 순서로 이루어진다.

(예) 김 과장은 기획-실무-홍보까지 직접 발로 뛰었다.

(2) 두 개 이상의 어구가 밀접한 관련이 있음을 나타내고자 할 때 쓴다.

　　(예) 드디어 서울-북경의 항로가 열렸다.

　　(예) 원-달러 환율　　　　　　　(예) 남한-북한-일본 삼자 관계

17. 물결표(~)

기간이나 거리 또는 범위를 나타낼 때 쓴다.

　　(예) 9월 15일~9월 25일　　　　　(예) 김정희(1786~1856)

　　(예) 서울~천안 정도는 출퇴근이 가능하다.

　　(예) 이번 시험의 범위는 3~78쪽입니다.

[붙임] 물결표 대신 붙임표를 쓸 수 있다.

　　(예) 9월 15일-9월 25일　　　　　(예) 김정희(1786-1856)

　　(예) 서울-천안 정도는 출퇴근이 가능하다.

　　(예) 이번 시험의 범위는 3-78쪽입니다.

18. 드러냄표(˙)와 밑줄(＿)

문장 내용 중에서 주의가 미쳐야 할 곳이나 중요한 부분을 특별히 드러내 보일 때 쓴다.

　　(예) 한글의 본디 이름은 훈민정음이다.

　　(예) 중요한 것은 왜 사느냐가 아니라 어떻게 사느냐이다.

　　(예) 지금 필요한 것은 지식이 아니라 실천입니다.

　　(예) 다음 보기에서 명사가 아닌 것은?

[붙임] 드러냄표나 밑줄 대신 작은따옴표를 쓸 수 있다.

(예) 한글의 본디 이름은 '훈민정음'이다.

(예) 중요한 것은 '왜 사느냐'가 아니라 '어떻게 사느냐'이다.

(예) 지금 필요한 것은 '지식'이 아니라 '실천'입니다.

(예) 다음 보기에서 명사가 '아닌' 것은?

19. 숨김표(○, ×)

(1) 금기어나 공공연히 쓰기 어려운 비속어임을 나타낼 때, 그 글자의 수효만큼 쓴다.

(예) 배운 사람 입에서 어찌 ○○○란 말이 나올 수 있느냐?

(예) 그 말을 듣는 순간 ×××란 말이 목구멍까지 치밀었다.

(2) 비밀을 유지해야 하거나 밝힐 수 없는 사항임을 나타낼 때 쓴다.

(예) 1차 시험 합격자는 김○영, 이○준, 박○순 등 모두 3명이다.

(예) 육군 ○○ 부대 ○○○ 명이 작전에 참가하였다.

(예) 그 모임의 참석자는 김×× 씨, 정×× 씨 등 5명이었다.

20. 빠짐표(□)

(1) 옛 비문이나 문헌 등에서 글자가 분명하지 않을 때 그 글자의 수효만큼 쓴다.

(예) 大師爲法主□□賴之大□薦

(2) 글자가 들어가야 할 자리를 나타낼 때 쓴다.

(예) 훈민정음의 초성 중에서 아음(牙音)은 □□□의 석 자다.

21. 줄임표(……)

(1) 할 말을 줄였을 때 쓴다.

(예) "어디 나하고 한번……." 하고 민수가 나섰다.

(2) 말이 없음을 나타낼 때 쓴다.

(예) "빨리 말해!"

"……."

(3) 문장이나 글의 일부를 생략할 때 쓴다.

(예) '고유'라는 말은 문자 그대로 본디부터 있었다는 뜻은 아닙니다. …… 같은 역사적 환경에서 공동의 집단생활을 영위해 오는 동안 공동으로 발견된, 사물에 대한 공동의 사고방식을 우리는 한국의 고유 사상이라 부를 수 있다는 것입니다.

(4) 머뭇거림을 보일 때 쓴다.

(예) "우리는 모두…… 그러니까…… 예외 없이 눈물만…… 흘렸다."

[붙임 1] 점은 가운데에 찍는 대신 아래쪽에 찍을 수도 있다.

(예) "어디 나하고 한번......." 하고 민수가 나섰다.

(예) "실은...... 저 사람...... 우리 아저씨일지 몰라."

[붙임 2] 점은 여섯 점을 찍는 대신 세 점을 찍을 수도 있다.

(예) "어디 나하고 한번…." 하고 민수가 나섰다.

(예) "실은... 저 사람... 우리 아저씨일지 몰라."

[붙임 3] 줄임표는 앞말에 붙여 쓴다. 다만, (3)에서는 줄임표의 앞뒤를 띄어 쓴다.

3. 외래어·로마자 표기법

1. 외래어 표기법

제1장 표기의 기본원칙

제1항 외래어는 국어의 현용 24자모만으로 적는다.

제2항 외래어의 1 음운은 원칙적으로 1기호로 적는다.

제3항 받침에는 'ㄱ, ㄴ, ㄹ, ㅁ, ㅂ, ㅅ, ㅇ'만을 쓴다.

제4항 파열음 표기에는 된소리를 쓰지 않는 것을 원칙으로 한다.

제5항 이미 굳어진 외래어는 관용을 존중하되, 그 범위와 용례는 따로 정한다.

제2장 표기 알람표

외래어는 표 1~5에 따라 표기한다.

〈표 1〉 국제 음성 기호와 한글 대조표

자음			반모음		모음	
국제음성 기호	한글		국제음성 기호	한글	국제음성 기호	한글
	모음앞	자음 앞 또는 어말				
p	ㅍ	ㅂ, 프	j	이*	i	이
b	ㅂ	브	ɥ	위	y	위
t	ㅌ	ㅅ, 트	w	오, 우*	e	애
d	ㄷ	드			ø	외
k	ㅋ	ㄱ, 크			ɛ	에
g	ㄱ	그			ɛ̃	앵
f	ㅍ	ㅂ, 프			œ	외
v	ㅂ	브			œ̃	욍
θ	ㅅ	스			æ	애
ð	ㄷ	드			a	아
s	ㅅ	스			ɑ	아
z	ㅈ	즈			ɑ̃	앙
ʃ	시	슈, 시			ʌ	어
ʒ	ㅈ	지			ɔ	오
ts	ㅊ	츠			ɔ̃	옹
dz	ㅈ	즈			o	오
tʃ	ㅊ	치			u	우
ʤ	ㅈ	지			ə**	어
m	ㅁ	ㅁ			ɚ	어
n	ㄴ	ㄴ				
ɲ	니*	뉴				
ŋ	ㅇ	ㅇ				
l	ㄹ, ㄹㄹ	ㄹ				
r	ㄹ	르				
h	ㅎ	흐				
ç	ㅎ	히				
x	ㅎ	흐				

* [j], [w]의 '이'와 '오, 우', 그리고 ɲ]의 '니'는 모음과 결합할 때 제 3장 표기 세 칙에 따른다.

** 독일어의 경우에는 '에', 프랑스어의 경우에는 '으'로 적는다.

〈표 2〉 에스파냐 어 자모와 한글 대조표(생략)

〈표 3〉 이탈리아 어 자모와 한글 대조표(생략)

〈표 4〉 일본어의 가나와 한글 대조량(생략)

〈표 5〉 중국어의 주음 부호와 한글 대조표(생략)

제3장 표기 세칙

제1절 영어의 표기

〈표 1〉에 따라 적되, 다음 사항에 유의하여 적는다.

제1항 무성 파열음([p], [t], [k])

1) 짧은 모음 다음의 어말 무성 파열음 ([p], [t], [k])은 받침으로 적는다.

　보기　 gap[gæp] 갭　　　cat[kæt] 캣　　　book[buk] 북

2) 짧은 모음과 유음·비음([l], [r], [m], [n]) 이외의 자음 사이에 오는 무성 파열음 ([p], [t], [k]은 받침으로 적는다.

　보기　 apt[æpt] 앱트　　setbæk[setbæk] 셋백　　act[ækt] 액트

3) 위 경우 이외의 어말과 자음 앞의 [p], [t], [k]는 '으'를 붙여 적는다.

보기			
stamp[stæmp]	스탬프	cape[keip]	케이프
nest[nest]	네스트	part[pa:t]	피트
desk[desk]	데스크	make[meik]	메이크
apple[æpl]	애플	mattress[mætris]	매트리스
chipmunk[tʃipmʌŋk]	치프멍크	sickness[siknis]	시크니스

제2항 유성 파열음 ([b], [d], [g])

어말과 모든 자음 앞에 오는 유성 파열음은 '으'를 붙여 적는다.

보기 bulb[bʌlb]   벌브   [lænd]   랜드

zigzag[zigzæg] 지그재그   lobster[lɔbstə] 로브스터

kidnap[kidnæp] 키드냅   signal[signəl]   시그널

제3항 마찰음([s], [z], [f], [v], [θ], [ð], [ʃ], [ʒ]

1) 어말 또는 자음 앞의 [s], [z], [f], [v], [θ], [ð]는 '으'를 붙여 적는다.

보기 mask[maːsk]   마스크   jazz[dʒæz]   재즈

graph[græf]   그래프   olive[ɔliv]   올리브

thrill[θril]   스릴   bathe[beið]   베이드

2) 어말의 [ʃ]는 '시'로 적고, 자음 앞의 [ʃ]는 '슈'로, 모음 앞의 [ʃ]는 뒤 따르는 모음에 따라 '샤', '섀', '셔', '셰', '쇼', '슈', '시'로 적는다.

보기 flash[flæʃ]   플래시   shrub[ʃrʌb]   슈러브

shark[ʃaːk]   샤크   shank[ʃæŋk]   섕크

fashion[fæʃən] 패션   sheriff[ʃerif]   셰리프

shopping[ʃɔpiŋ] 쇼핑   shoe[ʃuː]   슈

shim[ʃim]   심

3) 어말 또는 자음 앞의 [ʒ]는 '지'로 적고, 모음 앞의 [ʒ]는 'ㅈ'으로 적는다.

보기 mirage[miraːʒ]   미라지   vision[viʒən]   비전

제4항 파찰음([ts], [dz], [tʃ], [dʒ])

1) 어말 또는 자음 앞의 [ts], [dz]는 '츠', '즈'로 적고, [tʃ], [dʒ]는 '치', '지'로 적는다.

보기	Keats[kiːts]	키츠	odds[ɔdz]	오즈
	switch[switʃ]	스위치	bridge[bridʒ]	브리지
	Pittsburgh[pitsbəːg]	피츠버그	hitchhike[hitʃhaik]	히치하이크

2) 모음 앞의 [tʃ], [ʤ]는 'ㅊ', 'ㅈ'로 적는다.

보기	chart[tʃaːt]	챠트	virgin[vəːdʒin]	버진

제5항 비음([m], [n], [ŋ])

1) 어말 또는 자음 앞의 비음은 모두 받침으로 적는다.

보기	steam[stiːm]	스팀	corn[kɔːn]	콘
	ring[riŋ]	링	lamp[læmp]	램프
	hint[hint]	힌트	ink[iŋk]	잉크

2) 모음과 모음 사이의 [ŋ]은 앞 음절의 받침 'ㅇ'으로 적는다.

보기	hanging[hæŋiŋ]	행잉	logning[lɔŋiŋ]	롱잉

제6항 유음([l])

1) 어말 또는 자음 앞의 [l]은 받침으로 적는다.

보기	hotel[houtél]	호텔	pulp[pʌlp]	펄프

2) 어중의 [l]이 모음 앞에 오거나, 모음이 따르지 않는 비음([m], [n]) 앞에 올 때에는 'ㄹㄹ'로 적는다. 다만 비음([m], [n]) 뒤의 [l]은 모음 앞에 오더라도 'ㄹ'로 적는다.

보기	slide[slaid]	슬라이드	film[film]	필름
	helm[helm]	헬름	swoln[swouln]	스월른
	Hamlet[hæmlit]	햄릿	Henley[henli]	헨리

제7항 장모음

장모음의 장음은 따로 표기하지 않는다.

보기　team[tiːm] 팀　　　　　　　　　route[ruːt] 루트

제8항 중모음([ai], [au], [ei], [ɔi], [ou], [au ə])

중모음은 각 단모음의 음가를 살려서 적되, [ou]는 '오'로, [auə]는 '아워'로 적는다.

보기　time[taim]　타임　　　　house[haus]　하우스
　　　skate[skeit]　스케이트　　oil[ɔil]　　　오일
　　　boat[bout]　보트　　　　tower[tauə]　타워

제9항 반모음([w], [j])

1) [w]는 뒤따르는 모음에 따라 [wɔ], [wə], [wou]는 '워', [wa]는 '와', [wæ]는 '왜', [we]는 '웨', [wi]는 '위', [wu]는 '우'로 적는다.

보기　word[wəːd]　워드　　　　want[wɔnt]　원트
　　　woe[wou]　워　　　　　wander[wandə]　완더
　　　wag[wæg]　왜그　　　　west[west]　웨스트
　　　witch[witʃ]　위치　　　wool[wul]　울

2) 자음 뒤에 [w]가 올 때에는 두 음절로 갈라 적되, [gw], [hw], [kw]는 한 음절로 붙여 적는다.

보기　swing[swiŋ]　　　스윙　　　twist[twist]　트위스트
　　　penguin[peŋgwin]　펭귄　　　whistle[hwisl]　휘슬
　　　quarter[kwɔːtə]　쿼터

3) 반모음 [j]는 뒤따르는 모음과 합쳐 '야', '애', '여', '예', '요', '유', '이'
로 적는다. 다만, [d], [l], [n] 다음에 [jə]가 올 때에는 각각 '디어', '리어',
'니어'로 적는다.

보기   yard[jad]   ə 야드   yank[jæŋk]   앵크

        yearn[iəːn]   연   yellow[jelou]   옐로

        yawn[jɔːn]   욘   you[juː]   유

        year[jiə]   이어

        lndian[indjən]   인디언   battalion[bətælijən]   버탤리언

        union[juːnjən]   유니언

제10항 복합어

1. 따로 설 수 있는 말의 합성으로 이루어진 복합어는 그것을 구성하고 있는 말
이 단독으로 쓰일 때의 표기대로 적는다.

보기   cuplike[kʌplaik]   컵라이크   bookend[bukend]   북엔드

        headlight[hedlait]   헤드라이트   touchwood[tətʃwud]   터치우드

        sit-in[sitin]   싯인   bookmaker[bukmeikə]   북메이커

        flashgun[flæʃgn]   플래시건   topknot[tɔpnɔt]   톱놋

2. 원어에서 띄어 쓴 말은 띄어 쓴 대로 한글 표기를 하되, 붙여 쓸 수도 있다.

보기   Los Alamos[lsɔ æləmous]   로스 앨러모스/로스앨러모스

        top class[tɔpklæs]   톱 클래스/톱클래스

제4장 인명, 지명 표기의 원칙

제1절 표기 원칙
제1항 외국의 인명, 지명의 표기는 제1장, 제2장, 제3장의 규정을 따르는 것을 원칙으로 한다.

제2항 제3장에 포함되어 있지 않은 언어권의 인명, 지명은 원지음을 따르는 것을 원칙으로 한다.

    Ankara 앙카라   Gandhi 간디

제3항 원지음이 아닌 제3국의 발음으로 통용되고 있는 것은 관용을 따른다.

    Hague 헤이그   Caesar 시저

제4항 고유 명사의 번역명이 통용되는 경우 관용을 따른다.

    Pacific Ocean 태평양   Black Sea 흑해

제2절 동양의 인명, 지명 표기
제1항 중국 인명은 과거인과 현대인을 구분하여 과거인은 종전의 한자음대로 표기하고, 현대인은 원칙적으로 중국어표기법에 따라 표기하되, 필요한 경우 한자를 병기한다.

제2항 중국의 역사 지명으로서 현재 쓰이지 않는 것은 우리 한자음대로 하고, 현재 지명과 동일한 것은 중국어 표기법에 따라 표기하되, 필요한 경우 한자를 병기한다.

제3항 일본의 인명과 지명은 과거와 현대의 구분 없이 일본어 표기법에 따라 표기

하는 것을 원칙으로 하되, 필요한 경우 한자를 병기한다.

제4항 중국 및 일본의 지명 가운데 한국 한자음으로 읽는 관용이 있는 것은 이를 허용한다.

> 보기   東京 도쿄, 동경   京都 교토, 경도
>
> 　　　 上海 상하이, 상해   臺灣 타이완, 대만
>
> 　　　 黃河 황허, 황하

제3절 바다, 섬, 강, 산 등의 표기 세칙

제1항 '해', '섬', '강', '산' 등이 외래어에 붙을 때에는 띄어 쓰고, 우리말에 붙을 때에는 붙여 쓴다.

> 보기   카리브 해   북해   발리 섬   목요섬

제2항 바다는 '해(海)'로 통일한다.

> 보기   홍해   발트 해   아라비아 해

제3항 우리 나라(4)를 제외하고 섬은 모두 '섬'으로 통일한다.

> 보기   타이완 섬   코르시카 섬(우리 나라: 제주도, 울릉도)

제4항 한자 사용 지역(일본, 중국)의 지명이 하나의 한자로 되어 있을 경우, '강', '산', '호', '섬' 등은 겹쳐 적는다.

> 보기   온타케 산(御岳)   주장 강(珠江)   도시마 섬(利島)
>
> 　　　 하야카와 강(早川)   위산 산(玉山)

제5항 지명이 산맥, 산, 강 등의 뜻이 들어 있는 것은 '산맥', '산', '강' 등을 겹쳐 적는다.

보기	Rio Grande 리오그란데 강	Monte Rosa 몬테로사 산
	Mont Blanc 몽블랑 산	Sierra Madre 시에라마드레 산맥

2. 국어의 로마자 표기법

제1장 표기의 기본 원칙

제1항 국어의 로마자 표기는 국어의 표준 발음법에 따라 적는 것을 원칙으로 한다.

제2항 로마자 이외의 부호는 되도록 사용하지 않는다.

제3항 1음운 1기호의 표기를 원칙으로 한다.

제2장 표기 일람

제1항 모음은 다음 각 호와 같이 적는다.

1. 단모음

ㅏ	ㅓ	ㅗ	ㅜ	ㅡ	ㅣ	ㅐ	ㅔ	ㅚ	ㅟ
a	ŏ	o	u	ŭ	i	ae	e	oe	wi

2. 중모음

ㅑ	ㅕ	ㅛ	ㅠ	ㅒ	ㅖ	ㅘ	ㅝ	ㅙ	ㅞ	ㅢ
ya	yo	yo	yu	yae	ye	wa	wo	wae	we	wi

[붙임] 장모음의 표기는 따로 하지 않는다.

제2항 자음은 다음과 같이 적는다.

1. 파열음

ㄱ	ㄲ	ㅋ	ㄷ	ㄸ	ㅌ	ㅂ	ㅃ	ㅍ
g, k	kk	k	d, t	tt	t	b, p	pp	p

2. 파찰음

ㅈ	ㅉ	ㅊ
j	jj	ch

3. 마찰음

ㅅ	ㅆ	ㅎ
s	ss	h

4. 비음

ㄴ	ㅁ	ㅇ
n	m	ng

5. 유음

ㄹ
r, l

[붙임 1] 'ㄱ, ㄷ, ㅂ'은 모음 앞에서는 'g, d, b'로, 자음 앞이나 어말에서는 'k, t, p'로 적는다.([ ] 안의 발음에 따라 표기함.)

  보기 구미 Gumi   영동 Yeongdong   백암 Baegam

       옥천 Okcheon   합덕 Hapdeok   호법 Hobeop

       월곶[월곧] Wolgot   벚꽃[번꼳] beotkkot   한밭[한받] Hanbat

[붙임 2] 'ㄹ'은 모음 앞에서는 'r'로, 자음 앞이나 어말에서는 'l'로 적는다. 단, 'ㄹㄹ'은 'll'로 적는다.

  보기 구리 Guri   설악 Seorak   칠곡 Chilgok   임실 Imsil

       울릉 Ulleung 대관령[대괄령] Daegwallyeong

제3장 표기상의 유의점

제1항 음운 변화가 일어날 때에는 변화의 결과에 따라 다음 각 호와 같이 적는다.

1. 자음 사이에서 동화 작용이 일어나는 경우

   보기   백마[뱅마] Baengma   신문로[신문노] Sinmunno

          종로[종노] Jongno   왕십리[왕심니] Wangsimni

          별내[별래] Byeollae   신라[실라] Silla

2. 'ㄴ, ㄹ'이 덧나는 경우

   보기   학여울[항녀울] Hangnyeoul   알약[알략] allyak

3. 구개음화가 되는 경우

   보기   해돋이[해도지] haedoji   같이[가치] gachi

          맞히다[마치다] machida

4. 'ㄱ, ㄷ, ㅂ, ㅈ'이 'ㅎ'과 합하여 거센소리로 소리 나는 경우

   보기   좋고[조코] joko   놓다[노타] nota

          잡혀[자펴] japyeo   낳지[나치] nachi

   다만, 체언에서 'ㄱ, ㄷ, ㅂ' 뒤에 'ㅎ'이 따를 때에는 'ㅎ'을 밝혀 적는다.

   보기   묵호 Mukho   집현전 Jiphyeonjeon

   [붙임] 된소리되기는 표기에 반영하지 않는다.

   보기   압구정 Apgujeong   낙동강 Nakdonggang

          죽변 Jukbyeon   낙성대 Nakseongdae

          합정 Hapjeong   팔당 Paldang

          샛별 saetbyeol   울산 Ulsan

제2항 발음상 혼동의 우려가 있을 때에는 음절 사이에 '-'(짧은줄표)를 써서 따로

적는다.

| 보기 | 중앙 Jung-ang | 반구대 Ban-gudae |
| | 세운 Se-un | 해운대 Hae-undae |

[붙임] 인명과 행정 구역 단위명 표기에서 '–'(짧은줄표) 앞뒤에서 일어나는 동화 작용은 표기에 반영하지 않는다.

제3항 고유 명사는 첫 글자를 대문자로 적는다.

| 보기 | 부산 Busan | 세종 Sejong |

제4항 인명은 성과 이름의 순서로 띄어 쓴다. 이름은 붙여 쓰는 것을 원칙으로 하되 음절 사이에 붙임표(–)를 쓰는 것을 허용한다.(( ) 안의 표기를 허용함.)

| 보기 | 민용하 Min Yongha (Min Yong-ha) |
| | 송나리 Song Nari (Song Na-ri) |

(1) 이름에서 일어나는 음운 변화는 표기에 반영하지 않는다.

| 보기 | 한복남 Han Boknam (Han Bok-nam) |
| | 홍빛나 Hong Bitna (Hong Bit-na) |

(2) 성의 표기는 따로 정한다.

제5항 제2항 붙임의 규정에 불구하고 '도, 시, 군, 구, 읍, 면, 리, 동'의 행정 구역 단위와 '가'는 각각 'do, shi, gun, gu, ŭp, myŏn, ri, dong, ga'로 적고, 그 앞에는 붙임표(–)를 넣는다. 붙임표(–) 앞뒤에서 일어나는 음운 변화는 표기에 반영하지 않는다.

보기	충청북도 Chungcheongbuk-do	제주도 Jeju-do
	의정부시 Uijeongbu-si	양주군 Yangju-gun
	도봉구 Dobong-gu	신창읍 Sinchang-eup
	삼죽면 Samjuk-myeon	인왕리 Inwang-ri

당산동 Dangsan-dong   봉천1동 Bongcheon 1(il)-dong

종로 2가 Jongno 2(i)-ga   퇴계로 3가 Toegyero 3(sam)-ga

[붙임] '특별시, 광역시, 시, 군, 읍'의 행정 구역 단위는 생략할 수 있다.

보기   부산광역시 Pusan   청주시 Cheongju

함평군 Hampyeong   순창읍 Sunchang

제6항 자연 지물명, 문화재명, 인공 축조물명은 붙임표(-) 없이 붙여 쓴다.

보기			
남산	Namsan	속리산	Songnisan
금강	Geumgang	독도	Dokdo
경복궁	Gyeongbokgung	무량수전	Muryangsujeon
연화교	Yeonhwagyo	극락전	Geungnakjeon
안압지	Anapji	남한산성	Namhansanseong
화랑대	Hwarangdae	불국사	Bulguksa
현충사	Hyeonchungsa	독립문	Dongnimmun
오죽헌	Ojukheon	촉석루	Chokseongnu
종묘	Jongmyo	다보탑	Dabotap

[붙임] 5음절 이상일 경우에는 낱말 사이에 '-'를 쓸 수 있다.

보기   금동 미륵보살 반가상 Kŭmdong-mirŭkposal-pan-gasang

제7항 고유 명사의 표기는 국제 관계 및 종래의 관습적 표기를 고려해서 갑자기 변경할 수 없는 것에 한하여 다음과 같이 적는 것을 허용한다.

보기   서울 Seoul   이순신 Yi Sun-shin   이승만 Syngman Rhee

연세 Yonsei   이화 Ewha

제8항 인쇄나 타자의 어려움이 있을 때에는 의미의 혼동을 초래하지 않을 경우 o, u, o, ui 등의 'ˇ'(반달표)와 k', t', p', ch' 들의 ' ''(어깨점)을 생략할 수

있다

제9항 인명, 회사명, 단체명 등은 그동안 써 온 표기를 쓸 수 있다.

제10항 학술 연구 논문 등 특수 분야에서 한글 복원을 전제로 표기할 경우에는 한
글 표기를 대상으로 적는다. 이때 글자 대응은 제2장을 따르되 'ㄱ, ㄷ,
ㅂ, ㄹ'은 'g, d, b, l'로만 적는다. 음가 없는 'ㅇ'은 붙임표(-)로 표기하
되 어두에서는 생략하는 것을 원칙으로 한다. 기타 분절의 필요가 있을 때
에도 붙임표(-)를 쓴다.

보기	집	jib	짚	jip
	밖	bakk	값	gabs
	붓꽃	buskkoch	먹는	meogneun
	독립	doglib	문리	munli
	물엿	mul-yeos	굳이	gud-i
	좋다	johda	가곡	gagog
	조랑말	jolangmal	없었습니다	eobs-eoss-seubnida

부 칙

1. **(시행일)** 이 규정은 고시한 날부터 시행한다.
2. **(표지판 등에 대한 경과 조치)** 이 표기법 시행 당시 종전의 표기법에 의하여 설치
   된 표지판(도로, 광고물, 문화재 등의 안내판)은 2005. 12. 31.까지 이 표기법을
   따라야 한다.
3. **(출판물 등에 대한 경과 조치)** 이 표기법 시행 당시 종전의 표기법에 의하여 발간
   된 교과서 등 출판물은 2002. 2. 28.까지 이 표기법을 따라야 한다.

한혜경

이화여대 영문과를 졸업하고 같은 대학 국문과에서 『채만식 소설의 언술구조연구』로 박사학위를 받았다. "세속도시의 꽃-하성란의 소설읽기"로 문학평론 등단, "어느날 백화점에서"로 수필 등단, 평론가와 수필가로 활동하고 있다.

이론서 및 평론집으로 『상상의 지도』, 『생각 글 말』, 『생각과 글쓰기』, 『시선의 각도』 등이 있고, 수필집으로 『아주 오랫동안』, 『이상한 곳에서 행복을 만나다』(공저) 등이 있다.

1997년부터 명지전문대학 문예창작과에서 소설의 역사와 이론, 창작을 가르치고 있다. 2005년부터 글쓰기 수업을, 2016년부터 의사소통능력을 강의하면서, 학생들이 논리적이면서 유연한 사고를 하고 자신의 생각을 명확히 표현할 수 있기를 희망하고 있다.

다양한 글을 읽고 쓰는 것은 좀 더 성숙하고 건강한 삶을 향해 나아가는 과정이라는 사실을 깨닫는 데 내 강의가 도움이 되기를 바라면서 강의실에 들어간다.

개정판

생각과 글쓰기-내 안의 가능성을 보다

2020년 3월 20일 인쇄
2020년 3월 23일 발행

지은이 한 혜 경
펴낸이 한 신 규
편집디자인 이 은 영
표지디자인 나 혜 영
마케팅 안 혜 숙
펴낸곳 문현출판
등 록 제2009-14호(2009년 2월 23일)
주 소 05827 서울특별시 송파구 동남로11길 19(가락동)
전 화 Tel.02-443-0211 Fax.02-443-0212
E-mail mun2009@naver.com

ⓒ한혜경, 2020
ⓒ문현출판, 2020, printed in Korea

ISBN 979-11-87505-39-6 93810 정가 18,000원